文春文庫

初夏の訪問者

紅雲町珈琲屋こよみ

吉永南央

JN030641

文藝春秋

目次

『初夏の訪問者』主な登場人物

杉浦草　北関東の紅雲町でコーヒー豆と和食器の店「小蔵屋」を営む。

森野久実　「小蔵屋」従業員。若さと元気で草を助けてくれる。

丹野学　紅雲町に現れた、親切だと評判だが謎の男。五十過ぎくらい。

森忠大　「もり寿司」店主。店も副業のマンション賃貸業も経営不振が続く。

森江子　忠大の妻。妊娠中。小蔵屋の客でもある。

宇佐木兄弟　森マンションの住人。兄は眼科医、弟は薬局を営む。

初夏の訪問者

第一章　初夏の訪問者

紬の袖、街路樹の若葉が、五月の風にひらめく。

昨夜は雨だったが、濡れた路面はあらかた乾き、急ぐと汗ばむ。角を曲がると、早めの昼らしく、どの家からか醤油だしのにおいが漂ってきた。

好きな夏の兆しに、杉浦草は微笑む。和食器とコーヒー豆を商う小蔵屋は定休日だが、間もなく奥の自宅へ常連客が来る約束になっている。

裏手の道を帰ると、黒い靴跡が点々とあった。路肩の水たまりを踏んで濡れたのが、三つばかり、右にある自宅玄関の方へ続く。ちょっと時間が経ったのか、薄くなりかけている。

板塀と庭木に遮られて玄関先の様子はわからないものの、待たせたと思うと気が急いた。草は晴雨兼用の蝙蝠傘を閉じ、濡れた靴跡を草履で小走りにたどった。

「ごめんなさいね。お待たせしちゃっ……」

誰もいない。

道から入って数歩の玄関前にも、左手の狭い庭にも。

十一時の約束だった。濡れた靴跡は、玄関の引戸のところにある微かなものが最後。留守を確認して、帰ってしまったらしい。

草は皺だらけの口元にさらに皺を寄せ、きゅっと口を尖らせた。もっと早く帰るつもりだったのに、思いのほか郵便局が混んでいたのだった。鍵を開けて玄関へ入ると、古い柱時計が長々と鳴った。首にかけている紐をたぐって懐から携帯電話を取り出し、時間を見る。十時五十七分。柱時計は少し進めてある。

「間に合ったけど、行き違いか……」

居間への上がり端には、贈答品が用意してあった。注文した常連客が昨日店へ取りにくる予定だったが、先方の都合で今日になった。

届けようかと思ったところに、こんにちは、と明るい声がした。

はーい、と草は玄関の引戸を再び開け、約束の客を迎え入れた。

「ごめんなさいね。今帰ってきたところで」

「こっちこそ、ごめんなさいね。お休みのところに」

すぐそこのアパートに住む石井は、草と同年配だが、今日もジャージの上下、スニーカーという若々しさ。体操スクールのコーチを引退後も、幼稚園や老人ホームなどで身体を動かす楽しさを教え続けている。金のネックレスにピアス、白いままの短い髪。皺や染みを隠さない肌は何をつけているのか艶々だ。潑剌とした美しさに、草はあらためて見とれた。ちょうどに用意された代金を受け取り、品物の入った手提げの紙袋と領収書を渡す。

「よく決心されたわね」

「望まれれば、どこへでも。さよならは言わないわ」

「じゃ、私も言わない」

とはいえ、引っ越し先が長野市では、ここから新幹線で約一時間の東京くらい遠い。常連が一人去ると思うと、草はやはり寂しかった。

すると、石井が少し屈み、まっすぐに目をあわせてきた。

「また来るから言わないのよ」

ふふ、と草は笑った。石井がそう言うと、本当にまた会える気がするから面白い。

石井は年明けに、東京で暮らしていた一人娘を急病で亡くした。唯一の身寄りを失った上に、アパートの更新が難しくなった。独身の娘以外に保証人を頼める人がいなかったからだ。だからといって、友人知人に頼むような無理もしたくない。そうして結局、以前から誘われていた長野への移住を決めた。

もっともほとんどが人伝ての話であって、当の石井は草に今回、長野市内にある友人の大農家に引っ越して農園を手伝いながら、できるだけ多くの人に身体を動かす楽しさを教えてゆくつもりだと前向きな話をしたきりだった。一時かなり痩せたが、娘の死も、アパート云々についても語らなかった。この街に生家がある画家の次女であることも、まったく口にしない。そういう人だ。東京から海外、さらにこの街へと、体操を教えて歩いた末の長野行きになる。

「すみませんね、二度も来ていただいて」

送り出した草を石井が振り返り、不思議そうに首を振る。

「ううん、いま初めて来たのよ」

「あら、そう。ちょっと前に人が来たみたいだったから」

ああ、それなら、と通りかかった数軒先の主婦が話に加わった。コンビニエンスストアのレジ袋を提げている。

「男の人でしたよ。セールスって感じでもなかったけれど」

石井との別れを惜しみ、三人で立ち話になった。午後に発つという石井に、主婦がレジ袋から調理パンを二つ出して昼にどうかと勧める。

「ありがとう。でも、お隣からいただいたから。もり寿司」

あー、もり寿司ね、と主婦が薄笑いを浮かべ、調理パンを引っ込めた。草も石井と視線を交わす。もり寿司といえば、最近よい話を聞かない。

「それじゃ。向こうでも、コーヒーを配って小蔵屋を宣伝するわ」

石井は振り返らなかった。

手を振った主婦も、逆方向へ忙しそうに帰ってゆく。

一人になった草の足元に、濡れた靴跡が一つだけ、うっすらと残っていた。

誰が訪ねてきたのだろう。

川辺の湿った砂地や窪みの水を見るともなく見て、ふと草は思う。あれから数日経っても、それらしい人は訪ねてこなかった。

草は川辺から離れ、小さな祠に、それから丘陵の大観音像に手をあわせた。

マリア像を思わせる優美な曲線と柔和な顔立ちの観音は遠く頂上から、親きょうだいや幼い息子良一の墓は中腹から、小さな老婆を見下ろしていた。今月はゴールデンウィークで店が忙しく、良一の月命日の墓参りが遅くなった。それでも、良一は文句を言いはしない。墓、仏壇、これから行く三つ辻の地蔵といった、母親が手をあわせる場所のどこにでも現れる。おそらく、手をあわせない場所にも。あちらで、ずっとずうっと待っていて、もう待ちくたびれたことだろうに。

まぶしい朝日の中、いつもどおり蝙蝠傘を拍子とりに突いて歩く。傘を支えにちょいと屈み、空のペットボトルを拾って、身体にそう形の腰籠へ放り込む。さらっとした肌触りの麻織物、小千谷縮に袖をとおす日を思い、まだ早いかと一人笑う。

日課を済ませた草は、黒豆ご飯と豚汁の朝食をとると、開店の準備にとりかかった。

今日から『和、いえ』と題した展示を始める。

日本のやきものには和としか見えない中に、世界の技術が取り込まれ、息づいている。それを再認識する企画だ。

轆轤や窯が朝鮮半島から、彩釉が中国から伝わったことを伝える器として、馴染みのある白磁の碗や三彩の皿を用意した。ヨーロッパの技法スリップウェアについては、カラメルソースの表面にゆるいクリームで一筆書きをしたような伸びやかな文様の民芸調の角皿を。異なる色の粘土を金太郎飴状に練り合わせて模様を生み出す、メソポタミアやエジプト文明を起源とする技法、練り込みについては、光が透ける貝殻のように秀麗な器を。それから、呉須のにじみが素朴で繊細な、ベトナム北部の技法を伝える安南手の浅鉢も。

こうして和食器売場のあちこちに器と説明書きを展示しているだけで、ここから世界へ、遥か古へと心が駆けめぐり、忘れかけていた扉が一つ開いたみたいに深呼吸したくなる。

開店直前にやって来た運送屋の寺田は、荷物の搬入出を終えたあと、草の私物である練り込みの器に見入った。

「薄いからガラスかと思った。人間って、すごいな」

ほんとですね、と応じたのは唯一の正社員、森野久実。雑巾を持ったまま、安南はベトナムのことなんですよね、何回見てもいいなあ、ほしいなあ、と感じ入ったように続ける。日本では異国を、異国では日本を彷彿とさせるだろう、おぼろげな青い小花模様を中央と四方に配した浅鉢がいたく気に入った様子で、そこから動かない。多く仕入れたわけでもない器の一つを、どうも本気で購入したいらしい。ただ、小蔵屋では客が優先だ。

和食器を見慣れているはずの二人の反応が、草には意外だった。

「よかった。まさに『和、いえ』ね。日本、いいえ、それだけじゃありません。それと、和食器に今さらながら驚くおやまあの、いえ」

古語のいえですよ、と念を押す久実を、なんだ一ノ瀬さんに教わったのか、と寺田が冷やかす。公介じゃありませんよ、と照れてむくれる久実に、草は寺田と笑った。久実が心に傷を残す事件に遭ったものの、若い二人の付き合いは順調らしい。

張りのある薄い麻布を太い梁に長々と渡したり垂らしたりして、小窓や、表側のガラス戸の一枚を開けておいた。漆喰壁の白を背景に麻布を揺らす薫風も、展示物の一つに変わる。

営業を始めて数時間のうちに、草は少々驚かされた。

日本のやきものに世界の技術が流れ込んでいることを初めて知ったという声を、片手では足りないほど聞いた。和食器を扱うこの店に足を運んでくれる客の話だ。最初は冗談かと思ったが、そうではないらしい。コーヒーを試飲する若い主婦のグループに一人二人、あるいはコーヒーに詳しい客にもそういう人がいた。当り前のことは、当り前すぎてあまり語られなくなると、いつの間にかすっぽり抜け落ちてしまうのかもしれない。

「たまには基本に返るのもいいわね」

「人って忘れっぽいですもんね。また行列でしたよ、もり寿司」

銀行から帰った久実が肩をすくめる。

近年、もり寿司は行列ができるほど盛り返したが、評判はよくない。

一時半を過ぎ、小蔵屋の客は途切れていた。草も肩をすくめる。店を久実に頼み、由紀乃(ゆきの)へ夕食としていなり寿司を届けることにした。先日引っ越した石井からもり寿司と聞いて以来、なんとなく食べたくなって今朝作ったのだ。

ところが、由紀乃宅のローテーブルには、すでにパック詰めの寿司が置いてあった。

「あら、二つめ」

「そうなの」

ソファに座っている由紀乃が、小さな重箱を差し出した草に向かってくすくす笑う。

「すぐそこのお宅の、ええっと……やっぱりお一人の……いやね、何でも忘れちゃって」

島、と草は助け船を出した。すると、ああそう島さんから、と由紀乃が言う。本当は島崎(しまざき)だが聞き流す。

透明なパックの中身は、いなり寿司と巻き寿司の詰め合わせ。もり寿司の名が入った箸袋の割り箸が添えてある。こうも、もり寿司もり寿司ときて、草も笑ってしまった。

由紀乃が首を横に振る。

「なんにでも効くとかいう健康茶のほうはご遠慮したわ。病院のお薬を飲んでるからって」

「正解。さて、どうする？」

「もちろん、私は草ちゃんのおいなりさんが食べたい」

「じゃ、もり寿司のほうは私がいただく。朝昼とも、自分で作ったいなり寿司だったから」

由紀乃は、三食ともお寿司ね、と気の毒そうに微笑み、小さなお重に礼を述べた。なぜ草がいなり寿司を作ったかを聞くと、今度は丸顔から丸眼鏡がずれるほど笑いだした。自由になるほうの右手で丸眼鏡をかけ直す。度重なる小さな脳梗塞のせいでいろいろと不自由だけれど、笑う親友の顔は幼い頃のままのように見えてくるから不思議だ。草も笑って目尻を拭い、重箱を包んできた風呂敷に、もり寿司のパックを包んだ。

帰りは道を変えてもり寿司の前を通ってみると、交通量の少ない道沿いに、高齢者が行列していた。十五人ほどおり、待ち時間はどれくらいなのか、自転車や買い物カートに寄りかかる者、中には疲れた様子で塀の基礎に座り込んでいる者もいる。話し声は、ほとんどしない。

ずいぶん前に、もり寿司は職住一体の平屋を小規模マンションに建て替え、その一階に店を構えなおした。以前の雰囲気は、瓦葺きの庇(ひさし)とその上の木製看板に多少残っている程度だ。

開け放ってある格子戸の奥にも、幾人か見える。

外の行列とは打って変わって、中はにぎやかだ。持ち帰りカウンターと客席が何卓かの店内は混雑しているらしく、ふくらんだレジ袋を両手に提げた小柄な老女がようやくといった様子で出てきて、ふうと大きく息をつく。店前の狭い駐車場には、自転車やオートバイが並び、健康食品を積載した白いバンも一台置いてある。車窓に覗く箱から、「健康」「神々の力」といった文字が目に飛び込んでくる。

バンの脇にいた身綺麗な男が、小柄な老女に駆け寄り、自転車に荷物を載せるのを手伝う。鼻の下から顎にかけて短い髭をはやしている。バンに乗ってきた者だろうか。仕立てのよさそうな紺色の背広や磨かれた革靴が、妙に浮いて見える。

道の反対側に立ち止まっていた草は、また歩きだした。

客足の減ったもり寿司が、怪しげな会社や団体を時々招き、その販売会や集いと一緒になって商売をするようになったのは、いつの頃からだろう。ここ一、二年の話だと思うが、確かなことはわからなかった。ちょっと前まで、高齢者相手の催眠商法や詐欺について注意を促す声は世にあふれていた。なのに、今では忘れ去られてしまったかのようだ。

「話し相手がほしいのさ」

草とすれ違った初老の男が、もり寿司の方を見て言った。おれにもあんたにもそういう時があるよな、とでもいうような労り（いたわ）のこもった口調だった。

連日の晴天も小休止のようで、今にも降り出しそうな朝になった。

表側に並ぶガラス戸の開けてあるところから、湿り気を帯びた風が吹き込む。

久実が陶製の傘立てを店先に運んだ。その久実を、寺田が前の駐車場で呼ぶ。ほら、八千円のところ半額だったってさ、とトラックの助手席から取り出した箱を久実に持たせる。おっ、と久実は声を上げた。小さなわりに重かったらしい。

「スッポン入り、ですか。ドリンク剤ですね」

「もり寿司で売ってたやつだって。配達先でもらったんだ」

「うへっ、これが。スッポンじゃなくて、蛇の粉末が入ってそう」

「その配達先は従業員から、従業員は親戚からもらったとかで――」

話が終わらないうちに、要りません、若いですから、と久実はそっけなくトラックの助手席へ箱を戻す。大きな娘が二人いる寺田は、だよな、と引き下がり、草に向かって肩をすくめた。カウンター内にいた草は笑顔で応じ、私も要らないという意味で首を横に振っておく。

「本物かどうか、見極めるのは難しいわね」

もり寿司の、昨夜食べたいなり寿司や巻き寿司が思い出され、草は顔をしかめた。酢飯が妙にやわらかく甘かった。息子の代になって味が変わった、スーパーのほうがいいわ、という話を聞いて久しい。もともと草は数えるほどしか、もり寿司を利用していなかった。接点といえば、店を継いだ森夫妻の妻のほうが小蔵屋の客だということくらいだった。

妻の森江子は小蔵屋の外から様子をうかがい、店内がすいている時のみ入ってきて、コーヒーを試飲し、豆を買い求める。楕円のテーブルやカウンターの二十席ほどががら空きだったりすると、カウンター席でくつろぎ、二、三の話題を自分から投げかけることもある。

この日もそうなった。

雨が降り出した開店時に訪れ、他の客がいない店内でコーヒーを試飲し、出産育児の本をめくっている。お腹が大きく、夏に生まれると以前言っていた。

「それ、いただいていいですか」

水を使っていた草は顔を上げて江子の視線をたどり、どうぞ、と応じた。

江子がカウンターの隅から手にとったのは、絵画展のチラシ。画家石井栄慈回顧展の告知と割引券を兼ねている。石井栄慈は、先日引っ越していった石井の父親だ。その昔、草の元夫が率いた芸術家集団「天」と少々かかわった人物でもある。が、それを知る者はほとんどいない。

江子は、チラシを熱心に読み始めた。裏面には、元首相や財界人との華やかな交友関係、受賞歴や受勲といった生前のまずまずの成功が細かく書かれている。

「こういう世界も、人間関係なんでしょうかね」

ため息まじりのやや皮肉めいた口調が、広い額の狐顔にはよく似合う。昔、夫となる男の若い芸術家仲間にも、こんな話し方をする者がいた。草は洗った布巾をぎゅっと絞り、どうかしらね、と軽く返した。

「孤絶した場所で制作を続けて、死後に評価された人もいるし」

「結局は作品？」

「時のふるいにかけられたら、いいものしか残れないでしょ？」

時のふるい、と江子は草の言葉を繰り返した。それから小首をかしげた。

「どう思いますか。うちのお寿司」

コーヒー豆のケースを磨いていた久実が、目を丸くして草を見た。昨日、あのパック詰めの寿司を久実もつまんでいる。

草は知らないふりもできず、かといって、まずいとも言えなかった。ここにいない味の責任者、夫の忠大を批評する気にもなれない。といって、質問した彼女自身が味を知らないわけでもあるまい。

答える気のない沈黙に、江子が微笑する。雨音が響く。

店前の道で、黒っぽい傘の人が足を止めていた。そのうちに江子のベージュ色をした欧風の小型車へ近づき、車と店を交互に見てから、つかつかと店に入ってきた。髪が薄く恰幅のよい男だ。江子以外に目もくれず、そばまで来て、さん付けで名を呼んだ。声に棘がある。男に顔を向けた江子のほうは、儀礼的に微笑んだきりだ。

「忠大のこと、よろしく頼むよ。あんたしかいないんだから」

抑えめの声量だったが、他に客のいない店では誰の耳にも聞こえる。

江子は返事をしない。また儀礼的に微笑んだきり。

男が不満げに踵を返し、小蔵屋を出てゆく。その往復の間あけっ放しだったガラス戸のところまで、閉じた傘の滴がスリップウェアの一筆書きのような模様を描いていた。

親戚です、と江子は草に言い、紺色のワンピースに包まれたふくらんだ腹部をそっとなでる。この件については、それしか話さなかった。

江子が帰ったあと、久実は彼女の態度について、人ごとみたいでしたね、と言った。

草には、そういうふうに見えなかった。ただ、表情をあまり変えない江子が、往々にして冷たい印象を与えることは否めない。

「もり寿司は嫁ぎ先だし、昔から人を使っているから」

それにしたって、とでもいうみたいに久実が首をかしげる。

携帯電話の振動音がした。待っていた電話だったらしく、すみません、と久実は草に断り、素早く千本格子の戸を開けて裏の通路へと消えた。三和土に、紙が落ちていた。折りたたまれており、マンションらしき間取り図の一部が見える。久実がエプロンのポケットから携帯電話を取り出す際に落としたらしい。四階のほうも見られますか、それじゃ二人で行きますので、と奥から電話の声が聞こえてくる。

草はピンと来て、にんまりした。久実と付き合っている一ノ瀬公介は、糸屋という屋号のしゃれた古い木造住宅に管理人として無料で住んでおり、買い手がつけば直ちに引っ越して明け渡すことになっている。

戻ってきた久実に落としものを渡し、一緒に住むの、と草は微笑みかけた。すると、久実がぱっと頬を赤らめた。

「えっ、違うんですよ。あの……すぐってわけじゃなくて、今ちょっと糸屋に引き合いがあってですね、もし買われるとなると公介は引っ越さなきゃならないし、もしそうなったら今度は家賃もかかるから一緒に住んで半分ずつ負担してもいいかなーみたいな話で、あっ、でもまだうちの家族に言ってないし、というか、公介のこと自体まだ話してないわけで、どうなるか全然――」

「違ってないじゃないの」

「あ、はあ……そうです、かね」

耳まで赤くしてもじもじする久実が微笑ましい。若さというのはいいものだと、草は心から思った。人を愛し、一緒にいたいと願う。そんな気持ちのままに生きるなど、もう老いた自分にはあろうはずもない。恋愛は人を変える。身と心で否応なく学ぶからだ。それにしても、親や兄夫婦さらにその子供たちの三世代とともに実家で暮らし、家族が手本の普通を願ってきたはずの久実が、同棲を考えるようになるとは。しかも一ノ瀬のような、冬場は街で働き、あとは県北の温泉旅館に住み込みで月に数回しか帰ってこない山男と。

「あの久実ちゃんが、ねえ」

久実は聞こえなかったみたいに、倉庫の空き箱をつぶしてきまーす、とまた千本格子の奥へそそくさと消えていった。

客の話し相手をしていたら、草は予定のバスに乗り遅れてしまった。

高齢の常連客が開いていた新書をカウンターに伏せ、コーヒーを啜る。

「訊いても名のらなかったけど親切な人だったわ」

マンション六階の自宅から、取り込もうとしたシーツをうっかり落としてしまったところ、通りすがりの五十代だろう男が追いかけていって拾ってきてくれたというのだった。

注文の細挽きの豆は会計も済み、新書の横に用意されている。

「こう短い髭が整えてあって、清潔な感じでね。普通のようで、よく見るとおしゃれなの」

客は髭の話をしながら、小さな顔の口元から顎を手で覆ってみせた。

「なんだか、お草さんみたいだった」

「髭が？」

草が返した冗談に、常連客が噴き出す。

短い髭の男の親切については、すでに別の二人の客からも聞いていた。一人は庭の犬にマジックでいたずら書きした下校中の中学生たちを諭してもらったと話し、もう一人は徘徊して土手の道に座り込んでいた老父を保護してもらったと言った。どれもその場に居合わせたなら同じ対応をしただろうと草自身も思う。ただ、老父を保護してもらった主婦が礼をしたいと申し出ると、紅雲町のおいしい店を教えてほしいと言われたというから、短い髭の男のほうはこの市というか、少なくとも紅雲町に来たばかりの人らしかった。

「それはそうと、お草さん、石井栄慈展へ行った？」

「いいえ」

「今回は面白いわよ。作品を一部入れ替えた今週からが」

時間ですよ、と気をきかせて声をかけてくれた久実に従い、草は小蔵屋を出た。

バスに乗って出かけた駅周辺で仕事があった。デザイン事務所で打ち合わせてから、器の若い作り手との商談を終えると一時を回っていた。

簡素で個性的な器が並ぶ小さなギャラリーを出ると、歩道の向こうから来る会社員ふうの男と目が合った。一ノ瀬だとわかった時には、彼はもうそこまで来ていた。山男の普段とはかけ離れた、整えた髪、濃紺の背広、ビジネス鞄だったが、なかなか堂に入っている。むしろこちらのほうが本来という気さえして、草は一ノ瀬を見上げた。

「見違えちゃったわ」

「悪いことはできませんね」

「悪いこと？」

東京の弁護士事務所へ行ってきたのだと、一ノ瀬が言う。

家業の一ノ瀬食品工業が登録商標の侵害に遭い、他社の劣悪な製品による実被害が看過できないレベルに達したため、一ノ瀬はその解決策を講じていた。目先の数字に一喜一憂せず根本の問題に向きあうことを条件に、家業を手伝い始めたのだそうだ。

梅加工食品と食品包装機械の一ノ瀬食品工業は、地元の有力企業だ。だが、以前彼から聞いたところでは、手を広げすぎて経営が厳しくなっており、好転しなければ手を貸さないわけにはいかないだろうという話だった。

「久実ちゃんには内緒なのね」

「ええ。今のところ」

「心配させたくない？」

「あとで怒られるほうがましです」

亡弟が残した娘、久実との将来など、一ノ瀬は何につけ実家と意見が合わなかったが、表情は明るい。

その若さがまぶしく、草は視線をそらした。

斜向かいの古いビルの二階には、ハートマークのロゴを窓に貼りつけた一室がある。向かいあう人と人にも見えるそのロゴマークを、もり寿司の店先でもたまに見かける。窓辺に、もり寿司の名の入った仕出し運搬用の大きな木箱も見えた。集会場所として店を提供するだけでなく、仕出しもしているらしい。

「どうかしましたか」

「あれ。最近よく見かけるなあと思って」

「ひどいもんです。自己啓発セミナーと偽って実はカルト宗教、信者から財産を巻き上げ、教義に反するはずの政策に集票マシンと化して加担する。ま、入信すれば楽は楽ですね。自分で考える必要がない」

「やだやだ。神仏の仮面をかぶった鬼なんて、まっぴら御免だわ」

草は、一ノ瀬に手のひらを差し出した。

「何ですか」

「久実ちゃんのこと。口止め料」

破顔した一ノ瀬は、草の手のひらを軽く叩いて離れていった。

人を偽るのと、自分を偽るのと、どちらが難しいのだろう。

一人で歩きだしてから考えたことを、草は美術館の長椅子に座っても考えた。

目の前には、第四展示室の壁面いっぱいの大作。軍服に身を包み、日の丸や小銃を手に進攻する若者たちが描かれている。第二次世界大戦中に軍が国威発揚・戦意高揚を目的に発注したと説明書きがある。石井栄慈が戦後、隠しおおしたはずの過去だ。

半世紀以上の時を経て再び眺めてみたが、そこにはやはり、戦禍に巻き込まれる者への惻隠の情も、人間の業に対する画家の冷徹な眼差しも感じられない。まして反戦の声など、どう耳を澄ましても聞こえてこなかった。侵略と自殺行為に過ぎない戦の旗振り役をし続けた石井栄慈の発言を思い返せば、戦争に疑問を抱きながら戦死した兄や物資不足の中で病死した妹の顔が浮かび、急いで啜ってきた蕎麦が胃の中で落ち着かなくなってくる。

――今回は面白いわよ。

出がけに聞いた常連の言葉を思い出し、まったくね、と草はつぶやいた。確かに、入れ替え後の目玉作品にはそれなりの意味がある。

写真パネルを見ると、画家の最晩年の顔にも、頬に小さな傷が残っていた。戦後、投げつけられたグラスで負傷したのだ。駅前にかつてあった清本旅館の、宿名とはイメージの異なるあの洋館ホテルのバーで。グラスを投げた透善の形相といったらなかった。天のメンバーたちは酔った透善を押しとどめ、顔から血を流す画家を追い出した。旅館のオーナーで天の支援者だった清本は、石井栄慈を出入り禁止にした。神に選ばれた才能が生き残ったんだ、きみたちもよかったじゃないか、と言い放った石井栄慈を、透善は殺しかねなかった。

なぜ公開に至ったのかと美術館の職員にたずねてみたが、わかる者がいないという返事だった。他に観るべきものはない。草はチケットを破り捨て、美術館をあとにした。


週末には、午前中から真夏のような暑さになった。

冷し中華が食べたい、扇風機を出した、と客の間から聞こえてくる。楕円のテーブルもカウンターも満席で、試飲用の水出しコーヒーが残り少なくなり、豆もよく売れる。

一ノ瀬が入ってきて会釈した。

今日は白いシャツにジーンズ姿だ。三和土に立ち、ああ涼しい、と額の汗を腕で拭う。和菓子屋の袋を掲げて草へ見せ、慣れた足どりで千本格子の引戸へ向かう。こんな時は、草の自宅の居間で勝手に休むのが常になっていた。

久実が、ちょうど奥から出てきた。

「いらっしゃい。あっ、何それ？」

「水羊羹。……なんだよ」

「なんか、山から帰ったにしては、こざっぱりしてるね」

一ノ瀬が、久実の頭越しに草を見る。カウンターの客へコーヒーを出していた草は、女は鋭いわね、という意味で口角を引き上げた。

接客が落ち着いたところで、約束のある久実が先に昼の休憩をとった。昼休みに、一ノ瀬と賃貸マンションを見てくることになっていた。

一時過ぎに一人で戻ってきた久実は、よすぎました、と笑った。

「広めの1LDKで駅から徒歩六分、内装もきれいで文句ないんです。でも、駐車場代まで考えると、やっぱり駅から離れたエリアのほうがいいかなって」

「車が二台だものね」

「そうなんですよ。マンション以外へ停めるにしても、駅周辺の駐車場は高いし。郊外の物件だったらいくつか、駐車場が二台まで無料のところがあるんですよね。公介が山との往復にけっこう高速を使うから、インターの近くも狙い目で」

微笑ましく思って聞いていた草は、最後の台詞を機に昼休みに入った。家業を手伝い始めた一ノ瀬が、従来のように山との往復を続けるとも思えない。内緒にしておくのも限界があるだろうが、今のところは一ノ瀬の意向を尊重しておいたほうがよさそうだった。久実は一ノ瀬の兄から、家業を手伝うことが結婚の条件だと言われているから、現状を知れば心穏やかとはいかない。

由紀乃を訪ねて昼を食べながら、若い二人のマンション探しについて心配事を除いた形で報告すると、由紀乃が自分のことのように瞳を輝かせた。

「一歩ずつよね」

「そうね。久実ちゃんも変わったわ」

「信頼しあってるのよ」

食欲がないといっていたはずの由紀乃が、草の作ってきた鶏と野菜のスープ、焼きおにぎりを平らげる。来た時からついていたテレビは、ニュースからワイドショーに変わり、不倫を否定する俳優を記者が我が事のように責めたてていた。

《嘘じゃありませんか？》

もっと大きなものへ問いなさいよ、と草は鼻白む。石井栄慈の戦争画を思い浮かべていた。由紀乃がリモコンでテレビの電源を切り、ああ静か、と微笑む。近くで山鳩が鳴いている。

逃げ水の揺らめく帰り道、昭和二十年八月十五日の、意味が呑み込めない玉音放送や戦争が終わったらしいというざわざわした空気を思い出していると、すれ違った人の手にあった色鮮やかなパンフレットに目が行った。そこには、先日一ノ瀬と見上げた例のハートのロゴマークがあった。

パンフレットは点々と道にも落ちていた。二つ折りで、「己を高め、地域に貢献」そんなもっともらしい文言が躍っている。先にあるもり寿司から拍手が聞こえた。草はパンフレットを全部拾い、寿司店のあるマンションの十メートルほど手前で足を止めた。

店の前では、集会を守るかのように仁王立ちする森忠大と、お腹の大きな江子が睨みあっていた。

「この子に説明できる？」

訴えは冷静で、それだけに心に響いた。虫の羽音が横切る。

もう一人、男が聞いていた。

店の向こうのマンション入り口に立ち、森夫妻を見、それから草を見た。青いシャツで身なりがよく、鼻の下から顎にかけて短い髭を生やしている。耳にかかる長さの髪がなでつけてあり、それが背広を着た一ノ瀬を連想させるが、もっとずっと年上だ。

不思議なほど、車が通らない。

草は日除けの蝙蝠傘を閉じた。忠大に近づき、拾ったパンフレットを無言で差し出す。夫婦はやっと草に気づき、忠大がパンフレットを受け取って会釈した。ああ、小蔵屋さん、どうも。拾っていただいたんですね。ありがとうございます。無言の草に向かって、なおも続ける。いやーいつもお元気そうで。うちではとにかく小蔵屋さんのコーヒーなんですよ、本当においしいです。通る声や厚みのある体つきが、野球少年だった頃を思い出させる。縞(しま)の紬と藍染めの半幅帯までほめると、言うことが尽きたらしく静かになった。

「何が言いたいのか、言わなくてもわかりますよね」

草に対して、すみません、と応じたのは江子だった。

いつの間にか、短い髭の男が忠大の斜め後ろにいた。

店内で、また拍手が起こる。

草は思い出した。ここで怪しげな健康食品が売られた日、商品を積載した白いバンの横に立ち、老女に駆け寄って自転車に荷物を載せるのを手伝っていたのは、この男だ。

男も、じっと草を見ている。

それから、男がすっと引戸を開けてもり寿司の中へ入っていったかと思うと、右手を高々と上げ、あーこちらは伊部(いべ)導師の信者さんですよね、と大声を張り上げた。車が何台か行き交ったが、続く大声は負けていない。いえ、存じてますよ、このハートマークといえば慈悲と真理の、あの西方(せいほう)の峯(みね)のグループさんでしょう。男の口調は、握手でも求めているみたいに明るい。店内は静まり返った。教祖と宗教団体の名を聞けば、あの世と行き来すると公言する教祖や今でも週刊誌ネタになる広告塔のタレント信者を、多くの人が思い出す。

店がざわつき出した。

草は参加者が次々出てくるだろうと思い、身重の江子の腕をとって通り道を空けた。

ところが最初に出てきたのは、揃いのポロシャツにハートのロゴマークのバッジをつけた三人のスタッフだった。彼らが運んだ紙袋や段ボール箱には、大量の書籍やCD、多種多様な小物が詰まっていた。

その人やりますね、と久実が目を丸くする。もう日が暮れかかっている。

「一体、何者なんですか」

「さあ。最初は、この間の怪しげな健康食品会社の社員かと思ったけど、違うみたいね」

「とすると……あの親切な人？」

「そうかもしれない」

草は下げた器を久実から受け取り、すすいで洗い桶に沈める。噂の親切な男を見たのかもしれなかったが、小蔵屋に帰ってきてしまったからはっきりしたことはわからなかった。帰ってゆくスタッフや客を追って右往左往する忠大と、半ばほっとしたように森マンションの自宅へと引きあげていく江子は、実に対照的だった。

久実が木製の盆を抱え、突っ立ったままでいた。

「人ごとなわけないですよね」

先日江子を評して言ったことを反省している。草はうなずいた。

「金曜の夕方なのに、なんだか静かになっちゃったわね」

「もうレジを締めはじめましょうか」

久実が会計カウンターに行くと、店前の駐車場にタクシーが入ってきた。タクシーから降りて店のガラス戸を開けたのは、カーキ色のシンプルなワンピースを着た高齢の女性客。よく見れば、先週引っ越していった石井だった。

「あら、いらっしゃいませ」

「ね、来たでしょう」

声を弾ませた草に向かって、石井はご覧なさいとばかりに両手を広げる。

「ジャージ以外もいけるでしょ」

石井の冗談に久実と笑った草は、濡れた手をさっと割烹着の裾で拭い、カウンターの隅に手を伸ばした。前に石井が来ていた時のように、石井栄慈回顧展のチラシを片付ける。うれしさと濡れ手のせいで間の悪い引っ込め方になったが、置いたままにするよりましに思えた。

「もういいの。観てきたのよ、あの絵」

前からチラシを片付けていたのを知っていた言い方だった。

草は言われたとおり、チラシを元へ戻した。石井は、きょとんとしている久実に小蔵屋オリジナルブレンドの豆を挽いてほしいと頼み、カウンター席に座る。その間に、店前の駐車場へ次々車が入ってきて、数人の客が豆を求めて列を作った。豆を挽く音が店内に響きわたり、草はコーヒーを淹れにかかる。

「私も観てきたわ」

恥ずかしい、と石井がこぼした。

恥じたのは空虚なあの戦争画か、画家である父親か、それとも自身がその娘であることなのだろうか——草が何も言わずにいると、石井はグラインダーの音を避けつつ小声で続けた。

「グラスをぶつけてもらって、お礼を言いたいくらい」

草はサーバーからドリッパーを外し、石井の目を見た。透善とは遠い昔に別れたのに、そう言われると身内のような気分になるのだから不思議だった。空爆の破片が残る背中を時折痛がり、戦地の親友から送られて形見となったわずか五行の詩を小さな聖書の間に挟んでいた、まだ若かった透善の姿が彷彿とする。

「村岡透善のこと、ご存じ?」

「若い頃に、姉から聞きました」

当時、石井は父親の生家へ疎開したまま、しばらく居ついていた。るみ、りの、の姉妹は垢抜けて目立ち、天のメンバーの間ではよくも悪くも評判で、中には華やかだった姉のほうにちょっかいを出した男もいた。

「知っていたのに、小蔵屋へ?」

「知っていたからよ。黙っていたのは、お互いさまでしょ」

話して楽になりたかった者を、長年拒んでいたということになるらしい。

草は軽く笑い、コーヒーを出した。白い釉薬が一方へ流れる刷毛目の小皿と、白磁の小振りなフリーカップを組み合わせた。どちらにも無造作なところがあり、相性がよい。

「どうして、今になって展示されたの？」

石井はコーヒーを一口啜って微笑んだ。顔を近づけてきて声をひそめる。

「それを条件に、私が相続放棄したから。個展のたびに必ず公開するようにね。だけど、次の個展までに二十年もかかるなんて。所詮、いつか忘れ去られる程度の才能なのよ」

そうまでしても戦争画の公開は後期に限定され、しかも引っ越し後になってしまったのだと、石井が憤る。

あの絵は国と一体になって人々を引き裂き、ついには画家の家族をも引き裂いたのだ。

「だけど、お草さん、私たちには忘れちゃいけないことがあるわよね」

「ええ。繰り返して馬鹿をみるのは、私たちだもの」

ささやかだが、草は公開への礼としてコーヒー豆を持たせた。

石井はその日の最後の客として帰っていった。また来るでも、さよならでもなく、お元気でね、とだけ言ってタクシーに乗り込んだ。


五月の楽しみの一つが、箱で送られてきた。旬のアスパラガスだ。

オリーブ油と塩を少し加え、さっとゆでる。立派な太さだから二分弱。穂先のほうは少し時間を短く。毎年、ゆで上がりの緑の鮮やかさに目を見張り、岩塩を数粒つけて口に入れれば瑞々(みずみず)しさと豆に似たふくよかな味わいに驚嘆する。取り除いたはずの、赤みを帯びたはかまや硬めの皮までがきれいなものだ。

まだあたたかいのを久実に通路の方で味見させ、生のアスパラガス数本を安南手の展示品に飾る。

途端に、わー、おいしそう、と客の主婦たちから声が上がった。

「豚の薄切りを巻いてこんがり焼いて、塩胡椒。レモンでも絞ったら止まらないわよ」

「旬は炒めなきゃ。ニンニクと鷹の爪で炒めて、香ばしくお醤油！」

「どっちも食べさせて。ビール付きで」

店内が笑いに包まれる。味見が呼び水に、と久実が空腹を訴えだした。

「昼を食べたばかりじゃないの」

「そうなんですけど。おいしいものを食べると、消化が加速しちゃって」

「これ、長野の石井さんからなのよ。ほら、農園も手伝ってるでしょ」

「農園か。新鮮でおいしいものばっかりなんでしょうね」

閉店後、久実に半分アスパラガスを分け、帰るついでにゆで立てを由紀乃へ届けてもらった。予(あらかじ)め連絡を聞いて待っていた由紀乃からは、すごくおいしかったわ、ぺろりよ、とすぐに電話が来た。

いただきもので豊かな夕食を済ませると、風呂にするには腹がくちく、先に簡単な礼状を書くことにした。

小引き出しを開け、青い釣鐘のような風鈴草の絵葉書を選び、花の色を引き立てる切手を取り出すと、ホワイトアスパラガスの缶詰が思い浮かび、続いて、どこが旨いのかわからないという透善の顔が思い出された。いま緑のほうを食べさせたらおいしいというのでは、とも考えた。縦長の缶。錆が浮きかげんのその縁。一つ縛りをほどいた、くせっ毛のざんばら髪。どうでもいいようなことを覚えているものだ。

　柿でも煎餅でも、大抵、歯ごたえのあるほうが好みだった。面長なようで実は張っている顎を動かし、それは気持ちよさそうにガリガリと噛んだ。鷹揚(おうよう)なようで、常に奥歯を噛みしめて堪えているようなところがあったから、実際すっきりしたのだろう。戦争に翻弄された悔しさもあったし、思うようにならない自分への不満もあったように思う。仲間を率いる力にしても、金の算段にしても充分とは言えず、米沢の旧家である実家に背きつつもいつか認めさせようとあがき、同時に限界が来ることにおびえ、その予感にまた歯噛みするのだ。きりがない。

　隣の部屋にある仏壇の棚には、透善の古い手紙が何通も塗りの手文庫に入れてある。嫁ぎ先で受け取った便りなど、つい最近まで失念していた。天のメンバーだった田中(たなか)初之輔(はつのすけ)と再会していろいろあり、後日数人を経て初之輔から茶封筒で送られてきたのだったが、あれがなければ、おそらく再び手にすることはなかった。

　開けてある襖から落ちる明かりだけでも、手文庫の蓋をなでれば、斜めに走った罅(ひび)がわかる。日用雑貨店だった小蔵屋の時代からあった安手の手文庫は、三羽の鶴を引き裂くように塗りに割れが生じていて、だからこそこれにふさわしい。

それでもこの手紙の束は時をさかのぼり、良一の死、離婚という二つの重い扉を開いた。読めば、透善と微笑みあうことのできた頃へと引き戻される。この青い湖の絵葉書など、明かりをつけて老眼鏡をかけずとも、今では文面をそらんじてしまえる。

《例の件、きみの見方どおりだった。脱帽。ところで、近頃の初之輔君はいい。吉野(よしの)先生も仰っていた。来月帰る。ああ、きみを連れてくればよかった。》

白い洋館ホテルだった清本旅館の張り出し窓から、あるいは村岡家の庭の向こうから投げかけてきた、人を魅了するあの笑みが淡く浮かぶ。ひどく懐かしく、老いた胸を締めつける。あの頃あった路面電車のチンチンと響きわたる警鈴(けいれい)や、二人で渡った道の埃っぽさまで耳や鼻先に戻ってくる。

「あの腹立たしい絵、公開になりましたよ」

草は、手文庫の中の若々しい透善に報告した。

出会う前の戦中のことについてはほとんど語らず、そこの丘陵に芸術村を建設しようと奔走し、ついに挫折して酒と女に逃げ、後妻を用意しての離縁という親の意向を呑んだ元夫は、存命なのかどうかもわからない。

考えてみれば、草という女を見たくなくなったことだろう。直接関わったわけでもないのに、どうしても天の仲間を、長く滞在したこの街を思い出させるから。子育てはしなくていい、必要なものは用意してあげる、と嫁を離れに閉じこめる、そんな両親のやり口に負けたふりをしても足りず、いっそ存在しなかったことにしてしまいたかったに違いない。

草は正座した膝に手文庫を置き、くすっとした。

嫁ぐ時は、結婚をもっと簡単なことだと思っていた。


結局、翌朝になってから開店前の小蔵屋で礼状を書いた。

流しで切手を貼って顔をあげると、ガラス戸の向こうに天然素材のつば広の帽子、ゆったりとした白っぽいシャツとパンツの女がいた。痩せ型なのにお腹だけがふくらんでいるので、帽子をとる前から江子だろうと察しがついた。

おはようございます、営業前にすみません、と彼女が少し開いているガラス戸のところから顔を覗かせる。先日のお詫びにこれを、と入れてきた右手には、束にして黄色いリボンをかけたアスパラガス。これだから旬なのだと思い、草は破顔した。

「そんなことよかったのに。でも、好きだから断れないわ」

江子も微笑み、中へ入ってきた。コーヒーを勧めたが、すぐ失礼するからと座らない。カウンターに筆の束のようなアスパラガスが立てて置かれ、その面白さに草は江子と見入った。

「あの人、何者なの。ほら、短い髭の」

「うちのマンションに」

「ああ、そう。新しい住人の方」

「空き部屋の週貸しなんです。短期間滞在して、新しい業務の事前調査だとか」

店の前に、江子のベージュ色をした欧風の車はなかった。

「今日は歩き？」

「はい、たまには。動いたほうが出産も楽みたいですし」

忠大さんは、と草は話を振ってみたが、江子は一つ息を吐いて、ほとんど家にいないので、と言ったきりだった。

裏手にいた久実が、千本格子の引戸を開けて出てきた。江子の帰ってゆく後ろ姿をいつまでも見ている。

「どうしたの」

「妊娠中なのに大変だなあと思って。お草さんみたいに心配してくれる人がいるだけいいのかな。昨夜、森マンションの前でも、こう、背中をトントンと」

江子の背中を軽く叩く様子を、久実が右手で再現してみせる。

「誰が？」

「だから、髭の人。優しそうですね、あの人」

親切で大胆ではあると思ったが、草は口にはしなかった。

「あー、なんか、結婚て何のためにするんでしょう」

久実が押してきた小型の台車には、安南手の浅鉢が箱のまま積んである。レストランの貸し切りで行われる結婚披露宴の引出物用にこれから包装するのだ。

この状態だとなんだか迫力のある質問ね、と草は笑い、引出物用に注文を受けて作った活版印刷のカードを久実の顔の前に突き出した。

《私たち　結婚したいと思ったので　結婚しました》

その三行を声にして読んだ久実が、不満なのか感心したのか、口を尖らして小刻みにうなずく。

「さあさ、仕事、仕事」

草はカードの他に、リボンがわりの銀の水引、青く透ける和紙を用意する。二十代、三十代の客が古くからのものを新鮮に感じてくれるのが、草にとっては楽しい。

若い久実にブレーキをかけたくなくて半ば無責任な態度をとったが、なるほどカードの言葉どおりかもしれない、と思う。あの結婚が砕け散ったのも、結果に過ぎない。結婚そのものは自分で心から望んだのだ。戦中には、戦争したい人間だけが離れ小島で殺しあえばいいのよ、と言ったのを聞きとがめられて非国民だと頰を叩かれ、戦後には着物を時代遅れだと笑われた。いつの時代も少々ずれていたそんな娘を、いいじゃないか、と肯定してくれたのは透善だった。絵が描けるわけでも、文学を学んだわけでもない女の眼を、なぜか評価し、時には本気で頼りにした。窮屈な場所から広い世界へ、やすやすと連れ出してくれた。二人で歩く場所、触れるもの、見るものすべてに色彩があふれ出した。透善の笑顔は、自分の笑顔だった。人生の終わり際から振り返ってみれば、一度でもすべてをかけて迎え入れてくれた男がいたあの頃がいとおしい。

目頭が熱くなっても、年寄りの涙目にしか見えないからありがたい。草は引出物の包装を仕上げ、今日の最初の客を迎えた。客のステーションワゴンは駐車枠を無視し、子供二人を乗せたまま、入り口からほんの数歩のところに停めてある。

「いらっしゃいませ。お待ちしてました」

「こんにちは。お世話になります。えーと、水引は銀、包装紙は青、数は……十七、袋もつけてもらってある、と。はい、確かに」

会計の間、かわいらしい声が車から引っきりなしに聞こえる。後部座席にいる野球帽の男の子が、パパ、と、長い髪の女の子が、ひーくん、と彼をしきりに呼んでいた。しまいには、男の子が帽子をとられたと訴えて泣きだす始末。おーい、今日は仲良くする約束だろ、頼むよー、という男性客の懇願が笑いを誘う。

「すみません。すぐ積んで出ますから」

「お手伝いしますよ。久実ちゃん、お願い」

子連れ同士の再婚は式を省略、今夜レストランでの披露宴だそうだ。日の光を反射させ、ステーションワゴンは出ていった。

やがて、今日から三日間続く豆の増量キャンペーンに客が次々集まってきた。

寺田のトラックも着き、待っていた荷物が届いた。先日、駅前のギャラリーで発注した器だ。接客の合間をぬって、草は倉庫で封を切った。

しゃがんだ寺田が器を見て、なんだこれ、と言う。正直な反応に、草は微笑む。

「変よね。三角、六角形、これなんて真四角の皿の角をつなぎ合わせて横に三枚並べたみたいだし」

縁は低く切り立っているが、やわらか味も兼ね備え、色はどの器も淡い。

「だけど、こうすると」

草は別の箱の上に、器を組み合わせて並べてみせる。角皿三つを連ねたような器の上下のへこみに、別の三角の皿が四枚、パズルのように、はまり込む。六角形の皿のまわりに、三角形の皿を置いても辺が揃うし、もちろん辺を少しずつずらしても様になる。組み合わせも、置き方も、無限に楽しめる。これが「無限シリーズ」と名付けられた所以(ゆえん)だ。

「色は、海岸の砂の一粒一粒から学んだそうよ。これなんて、波打ち際で研磨されたガラスの破片みたいな緑でしょ」

「へえー、虫眼鏡の世界ですね。きれいだな」

「どう置いても馴染むのは、そのおかげね。一応、正方形や長方形のもあるのよ、ほら」

普通の形まで変わって見えてくる、と寺田が頭をかく。

「仕入れ先の窯元で会った頃は、こんなもんに土を使うなって、上の人に鼻であしらわれてたけど、キーホルダー、ミルクガラスのマグカップ、古い車、何にしても素敵なものを持っていてね。別に高い安いじゃなくて、なんかいいの。それに、彼がおいしいというものは、必ずおいしかった」

器から草へと視線を上げた寺田が、おかしな顔をしてにやにやし出した。親父の言葉を思い出しましたよ、と言う。

「杉浦草という人は、どこで何を見てるかわからんのだ」

やあねえ、と草も笑った。

寺田の父親である寺田博三、通称バクサンは、草のコーヒーの師匠だ。隣の市にある人気レストランのオーナーシェフとして腕を振るっている。

そして、その昔は天に所属して小説を書き、将来を嘱望されていた。戦後の貧しさの中で下のきょうだいを食べさせるために筆を折ったのだが、別の道で花を咲かせた。息子の寺田にすら内緒の話だ。

隠しごとは、騙していることになるのだろうか。嘘のうちに入るのだろうか。嘘になるのだとしたら、それは誰に対しての嘘なのだろう。バクサンが何を思って内緒にしているのか、草はたずねたことはなかった。

寺田が急に背筋を伸ばした。開け放してある倉庫の戸口を見る。

「人の声がしませんでしたか。ごめんくださいって」

「営業中なのに?」

知人なら、店のほうへ来るはず。草はちょっと耳を澄ませたが、通路を右に行った先の千本格子の引戸を抜けて、客のおしゃべりや笑い声が響いてくるばかりだ。気のせいですね、と寺田が言う。だが、草はあの濡れた靴跡を思い出した。

着物の膝に手をついて立ち上がり、左右に延びる三和土の通路へ顔を出す。昼間でも明かりが必要な通路の左手を見ると、突き当たりにある自宅玄関のすりガラスの引戸から、人影が離れていったように見えた。


「見間違いかしら」


念のため玄関の鍵を開けて外を見てみたものの、やはり誰もいない。

草は風に芳香を感じて深呼吸した。


豆の増量キャンペーンの二日目、草は早朝から店に出てディスプレイを変えた。

無限シリーズは、用途も広い。普段の食事からもてなしの際まで、あるいは単なるオブジェや物入れとしてテーブルのセンターや洗面所のコーナーに。また花器として使ってもいい。作り手を象徴する器でもあるので、定番として期待でき、少しずつ買い足す楽しみもある。

小夏や葉付きの枇杷（びわ）、色鮮やかな香水瓶や石鹸、自宅の庭の花や笹などを使って、器のイメージをふくらませる展示を工夫していると、草は夢中になって時間を忘れてしまう。器が売れるに越したことはないが、そうでなくても客のひとときの楽しみになれば、それでいい。

コーヒー豆を求めた客の間から、あっこれいいわね、面白い器、と声が上がり、試飲用の席は空いたそばから埋まる。「とう」のところがぴょんと跳ねる草独特のありがとうございましたに、豆を挽く音が勢いをつける。

表から、かしましい声が近づいてきた。

「入ったらいいのよ」

「なーに、あんな日向で眺めてたのよ」

「そうよ、入んなさいよ」

カウンター内から草が顔を上げると、開けてあるガラス戸のところから、よく見かける主婦三人組——バザー用に不用品を回収してまわることもあるグループ——に押されて男が入ってきた。短い髭の彼だった。

「いや、私は豆を買っても……」

豆を買っても、短期の仮住まいでは淹れようもないのだろうか。

わりにはっきりした目鼻立ちの顔が、困惑したように草へと向けられた。五十代だろう。青い縦縞のシャツに紺色のズボンという普通の服装なのに、袖のめくり方といい、細身のズボンの靴にかかる丈といい、さりげない着こなしが目を引く。楕円のテーブルにいる客のほとんどが彼を見、気配を察した他の客たちが次々その視線を追う。あるいは今、紅雲町で髭の男といえば、もり寿司の一件を連想させるからかもしれなかった。草の前にいる鳥打ち帽の客などはもう、身体ごと向きを変えて彼をしげしげと見ている。

彼を押してきた主婦の一人が、何か自慢そうにサマーセーターの胸を張り、辺りを眺めまわした。

「いっぱいなのね」

すると、どうぞ、とあっちとこっちの客が椅子から立ち上がり、その一つだったカウンターの壁際のほうへ男は座らされた。男の肩に手を置いた二人の主婦が、試飲できるのよ、豆は私たちが買うから、と言えば、もう一人の主婦は楕円のテーブルの空いた席に別の客を座らせる。店内に納得する雰囲気が広がり、またおしゃべりが始まった。連れ立って来店した三人組は、コーヒー豆の方へ、和食器売場の方へと散っていった。

草は男と目があったが、言葉が出なかった。男も同様らしく、微笑むだけだ。

草は持っていた水出しコーヒー入りの透明なポットと、ドリッパーを示し、冷たいのか、あたたかいのか、と目できく。男はドリッパーのほうを指差した。

淹れたてを男のところへ持ってゆくと、覚えのあるよい香りがした。少し甘めの、それでいてスパイスのきいた、緑のような。どこで嗅いだものか、年寄りでも思い出すのは簡単だった。

「昨日、この裏の自宅の方へみえました？」

染め付けのコーヒーカップを持った男が、目を見開いた。

「やっぱり。ひょっとして、その前、留守にしていた時にも？」

濡れた靴跡が頭にあり、どうしてかそれは彼のものだと、草は確信していた。

男がうなずき、視線を外してコーヒーを啜る。

この男は先頃自宅を訪ねてきて、しかも昨日営業中に老店主の姿が見えないと再び自宅を訪問した。今日も、そうするつもりだったのだろうか。この街に滞在して事前調査を行い、跡取りのいない老店主にそっと会いたがる理由はいくつか考えられる。何にしろ、長い話になりそうだった。

男の隣の席が二つ空いたところで、草はまた声をかけた。

「よかったら、名刺をいただけますか」

だが、男は草の顔を見たきり、動かない。

「ごめんなさい、あの……この店のお話でおみえなんですよね」

男が黙り込んでいるうちに、空き席にまた新しい客が二人近づいてくる。男がやっと口を開いた。

「すみません、私は良一なんです」

草は器を下げながら、リョウイチを息子の名として聞いた自分を小さく笑った。リョウイチという会社は、一体どこにあるのだろうか。

「冗談じゃありません。米沢の、村岡良一なんです」

小声だが、しっかりとした口調だった。

草はカウンター越しに手を伸ばしたまま、男へと顔を向け、その姿勢が苦しくなって身体を戻し、腰に手を当てて伸ばした。下げそこなった試飲用の蕎麦猪口(ちょこ)を、新しい客が草へ渡してくれ、私も腰が痛くて、と自分の腰をさする。すみませんね、と草は応じ、帰ってゆく客たちをいつもの、ありがとうございました、で見送った。

　自分の声が、なんだかやけに遠かった。

第二章　蜘蛛の網

閉店後に一雨あり、昼間とは打って変わって肌寒い。

草は縁側に正座し、ガラス戸を少し開けた。冷たい夜風が吹き込んでくる。天気予報によれば、明日もさして気温が上がらないらしい。牛肉の時雨煮、余りものの焼きたらこなどでお茶漬けをかき込み、保温調理鍋にポトフを仕込んでおいた。ポトフは、寝る頃には肉がやわらかくなり、冷まして一晩置けば旨味を増す。洗い物は簡単に済み、肉や根野菜を大胆に切って気分もすっきりした。身体は腹の底からあたたかく、明日の食事も心配ない。夜空は晴れてきて、庭の濡れた緑は光っている。

かたい人参を切った時の、包丁でまな板を打つ感触。吸い込めば、胸にしっとりと広がる夜気。微かな光を反射する緑。どれも確かで、気持ちを落ち着けてくれる。

そんなふうに考えていたら、ため息が漏れた。ごまかしだと気づいた。

――私は良一なんです。

あまりにも馬鹿馬鹿しく、取りあう気にもなれない。そうは思っても、あの男のくだらない言い分にチクリと刺された胸が、次第に熱をもって腫れ上がっていくのを止められなかった。

定休日に出直します、と言われて、ただうなずいてしまったことを後悔した。それまで、このもやもやと腹立たしさをしまっておかなければならないのだ。水の事故で死んだあの子が、生き返ったとでもいうのか。どうすれば、墓から戻れるのか。ふざけた話にもほどがある。千本格子の奥へ引っぱっていって、あの場でそう言ってやればよかった。

一体、あの男の目的は何なのだろう。

紅雲町に親切のタネをまき、まるで成り行きみたいに小蔵屋へやって来て、実際にはその前に玄関先まで訪ねてきていた。最初の訪問時に思い直し、時間をかけて警戒心をとくための演出をしていた。そのように考えれば、納得がいく。あの男はおそらく、小蔵屋を、杉浦草を調べ抜いている。

夜の庭から目を上げると、軒下に蜘蛛の網があった。

庇の突端から手前の物干し竿へと斜めに張られ、雨粒を光らせている。

巣の中央では、大きな蜘蛛が息をひそめていた。獲物が自ら近づき、勝手に暴れ、がんじがらめになって弱るのを待っている。

まるで花冷え、桜の頃のような寒さですね、と地元FM局からパーソナリティーが静かに語りかけてくる。やがて、現代調に編曲された軽快なショパンが流れ始めた。

長い髪をかき上げた女性客が、無限シリーズの三角の皿を二つ手にとり、長い辺を宙であわせたり離したりしている。一枚は波や砂に長年洗われた、浜辺のガラス片を思わせるごく淡い緑色。もう一枚は、白に限りなく近いベージュ色。買うのかもしれないし、眺めているだけかもしれない。

「いくら家賃を下げたって、あれじゃマンションの空き部屋も埋まりませんよね」

和食器売場を見ていた草に、もり寿司の話を小声で始めたのは、引っ越す日の石井を一緒に見送った近所の主婦だ。エプロン姿で豆を求め、カウンターに寄りかかり、立ったままコーヒーを飲んでいる。

正午近くなって客が減り、彼女の他に試飲している人はいない。

「そんなに空いてるの？」

「町内会費をあの一棟でまとめてもらっているらしいんですけど、ずいぶん少なくなったって」

「そう」

「それに、新築が方々にできるから」

レジで千円札を十枚ずつにまとめていた久実が手を止めた。聞き耳を立てているのが伝わってくる。昼の休憩に入っても、そんなに家賃が安いんですかね、と興味深々の様子。事務所で弁当を食べたあとも、情報収集が足りなかったなあ、などとうれしそうに食後のコーヒーを取りに来た。

「もり寿司のおかしな商売が気にならない？」

「大抵、昼間は留守にしてますし。安くてそこそこなら」

「なるほどね。久実ちゃんのパジェロは、ここに停めて徒歩通勤でもいいし」

「いいんですか！　なーんて、実はそれを期待してまして」

久実がさらに乗り気になる。

一時台になり、また客が増え始めた。刻々と定休日が近づいてくる。良一を名のるあの男に対してふくらんでいく一方だったもやもやと腹立たしさが、今では煩わしさに置きかわっていた。

無視すればよかった——草は再び後悔した。

こちらとしては何の用もない。嘘話を聞くだけ無駄だ。

「お草さん！」

「あっ、ストップ」

次々声がかかって、草は我に返った。注いだコーヒーが色絵の器からあふれ出している。

「いやだ、すみませんね、うっかりしちゃって」

笑顔でとりつくろってサーバーを置き、こぼれたコーヒーを拭きとったが、軒下の蜘蛛の網が自分にからみついて悪さをしているようで気持ちが悪く、思わず襟足や肩の辺りを手で払った。だからといって、見えない糸が取れるはずもない。

気温の上がらない薄日の昼下がり、遅い昼休みを由紀乃宅で過ごすことにした。

冬場は温室のようなバリアフリーの家も、この時期は部屋の中まで日光が届かない。

食後に、ミルクパンを借りてこっくりとしたロイヤルミルクティーを作る。少量の熱湯でアッサムの茶葉を開かせると、紅茶の香りがふうっと立ち上ってくる。そこへ牛乳を注ぎ入れ、コンロの火にかける。アカシヤの蜂蜜を使う。広口瓶から木製の蜂蜜スプーンで一匙、また一匙。蜂蜜専用のスプーンとうたっているだけあって、黄金色の濃厚な蜜が切れよく取れる。

「蜂蜜スプーンはいいわね」

「そう？」

後ろから、この家にないものについてのような返事が聞こえた。頼りなく、しかし明るい。木地師の趣味で作ったものを由紀乃へのみやげにしたのは、もう幾年も前になる。

「すくうところが、カモノハシの嘴(くちばし)みたい」

「カモノハシ？」

沸騰前にコンロの火を止めた草は、唇を広げて突き出し、ソファにいる由紀乃から見えるように横を向く。おかしな顔のまま、ビーバーに似て愛嬌のある動物の説明を続ける。変な顔をしていると、声まで変になる。蜂蜜スプーンはカモノハシになり、笑いに変わった。茶漉を用意し、でき上がった紅茶を青い花柄のティーカップへこぽこぽと注ぐ。幼馴染みの親友はコーヒーを好まない。

甘い湯気と香りが今日は心地よい。

電話よ、と由紀乃が呼ぶ。草は我に返った。湯気の中に蜘蛛の網を見ていた自分にあきれ、首にかけている紐をたぐって懐から携帯電話を取り出した。電話の主は寺田の父親、寺田博三、通称バクサン。草が来る道々でかけた電話への折り返しだった。

「留守電、聞いたよ。悪い。木曜はだめなんだ。どうしても店を抜けられない」

「そう。そうよね。いいの、忙しいのはわかってたから。勝手言って悪かったわ」

「運送屋を休ませる」

運送屋の息子のほうを休ませて、自分の代わりにするというのだった。

「だから、それはだめ。もし天の話になったら……」

「ああ、そうか」

バクサンが口ごもる。電話の向こうの、パリッとしたコックコートに身を包んだ男は、その昔将来を嘱望された小説の書き手だったのに、それを息子にさえ隠している。

「まったく、なんなんだ、その男は！」

怒鳴ったバクサンが何をしたのか、空の一斗缶でもまとめて蹴り飛ばしたようなひどい音がした。由紀乃がこちらを見ている。

「ちょ、ちょっと待ってね」

草はロイヤルミルクティーを由紀乃のところへ運んでから、廊下へ出た。

「大丈夫、なんとかするわ」

「会う必要なんかない。良一くんは亡くなった。亡くなった人は帰っちゃこない」

「わかってる」

「なりすまし詐欺か、そんなところだ。会うな。断るんだ」

同意して電話を切ったものの、断ろうにも相手の電話番号を知らなかった。結局、あの男は名刺もよこさなかったのだ。

ソファへ戻ると、由紀乃が紅茶を熱そうに啜っていた。ソーサーが、膝の上で今にも落ちそうに傾いでいる。押さえているのは不自由なほうの左手だ。草は割らないうちにと思い、ソーサーをローテーブルへ戻した。ありがとう、と由紀乃なら必ず言うはずが、聞こえてこない。顔を上げると、丸眼鏡の奥の瞳につかまった。

「天の話って、バクサン？」

草は、はっとし、観念した。こっちから電話したのよ、と打ち明けた。蜂蜜スプーンとカモノハシはだめでも、約半世紀前の天のことは即座に通じる。記憶とは不思議なものだ。

「草ちゃんが、バクサンに相談だなんて」

レストランに食べに行くのも稀で、よほどでないと連絡を取りあわない二人だということも、親友には隠せない。心配をかけたくなかったし、独居で病を抱えた親友におかしな男を近づけたくなかったのだが、裏目に出てしまった。

「話せばよかったわね。ごめんなさい。あのね……」

いいの、いいのよ、と由紀乃が穏やかに話を遮る。

「なんだか知らないけれど、バクサンは何て？」

「やめとけって」

由紀乃が明るい庭の方へ目をやってから、視線を戻した。

「じゃ、私も言うわ。やめときなさい」

やわらかな微笑みには、こう書いてある。あのバクサンだもの。大抵のことなら背中を押してくれるでしょ。なのに、やめろと言うのなら、それが妥当だと思うわ。

草は微笑むしかない。心配をかけたくなかった云々を呑み込む。言えば、ますます親友を寂しくさせるからだ。

「わかった。そしたら、一筆箋と封筒をもらえる？」

帰り道、少し遅れると久実に電話を入れてから、森マンションへ立ち寄ってみた。

一階に入って右手の管理人室は無人で、受付の小窓に内側から黄ばんだ紙が貼りつけてある。紙はカレンダーを再利用したらしく、端が破れてめくれ、表面の紅葉の写真と「1995　11」という文字が見える。

由紀乃の家で書いた、当方には会う理由がないので訪問を断る旨の短い手紙を、あの男へどう渡すか。草は封書を手に思案した。

左手の脇へ入ると郵便受けが二十戸分ほど並んでいたが、幅広のテープでふさがれた投入口の多さに、空室が多いわね、と思うだけで、あの男が何号室なのかわかるはずもない。誰かに訊いてみようにも、エントランスの自動ドアは鍵が必要だし、人の出入りも一向にない。そもそも、人の気配が希薄だった。

かといって、先日の一件を思うともり寿司を訪ねる気にもなれず、となると、あとはオーナーの江子を頼るほかなさそうだった。

郵便受けを見たところでは、最上階の六階は二戸のみ。江子は小蔵屋の顧客名簿に載っているような客ではなかったが、住まいはここなので、どちらかがオーナーの森夫妻宅だろうと推測はつく。

草は思い切って、六〇一号室と六〇二号室のインターホンを鳴らしてみた。六〇一号室は応答がなく、続いて六〇二号室もしんとしていた。しかたなく草が帰ろうとすると、通話状態になった気配があり、はい、と眠そうな男の声がした。草は踵を返して、インターホンのマイクに近づいた。

「あの、すみませんが、森さんのお宅でしょうか」

「ウサギです」

草はまず自分の耳を疑い、次に作りものの長い耳を付けた中年男を思い浮かべた。が、間もなくガラガラと回り始めた記憶から、宇佐木（うさぎ）、という名がぽろんとこぼれ落ちてきた。

「そこの宇佐木眼科の」

正確には、眼科の真向かいの薬局も同族経営だ。

ええ、ご近所の方なんですね、と幾分眠気のとれた返事があった。

「森さんは六〇一ですよ」

すみませんでした、と言い終わらないうちにインターホンが切られ、草は森マンションをあとにした。

無駄になった封書を懐に入れて小蔵屋へ戻る。

森マンションから一分ほどの、宇佐木眼科とコーウン薬局の間で小首をかしげた。わりと通る道なのに、これらの存在を忘れていた。古い木造の宇佐木眼科は、駐車場に車が二台と自転車が三台。コーウン薬局のほうは幌が色褪せ、アルミサッシの奥には誰も見えない。そういえば、一時経営が苦しく、持ち家を処分して賃貸の森マンションへ住まいを移したのだった。先代夫妻が亡くなったあと、息子二人が継いだはずだ。

一つ思い出すと、忘れていたことをまた一つ思い出す。それも、古い記憶ほど確かな手応えがある。記憶というものの不思議に、草はまた小首をかしげる。

日射しはなく、風が冷たい。季節が逆戻りしたような肌寒さの中を歩いていると、否応なく過去へ向かわされているような妙な気分になってくる。

丘陵の上の観音像に近い喫茶店には、客がほどよく入っていた。

店内に流れる音楽は軽快なジャズ、客層は中高年でもの静かだ。小型のリュックを横に置き、丘陵の観光案内のパンフレットを広げている人がいる。表の駐車場には県外ナンバーの車もあった。どのテーブルも一人か二人。コーヒーや紅茶といった飲み物の他に、パフェを食べている人が多い。メニューにはフルーツ、チョコレート、バナナの三種類のパフェがある。

草は街を眺められる窓辺の隅のテーブルを選び、コーヒーとバナナパフェを注文した。こんな時は甘いものがいいのよ、と心でつぶやく。

左の出窓に向かえば、外の青紅葉（あおもみじ）や眼下に広がる市街地の眺めを独り占めできる。ビルを背景に飛び回る鳥の群れ、高架を走る新幹線、国道を行き交う車といったものが、ミニチュアとなって動き続けていて見飽きない。テーブルへ運ばれてきたバナナパフェは、よそのテーブルにある時より大きく豪華に映る。柄の長いスプーンで生クリームとバニラアイスを一口、それから、やはり柄の長いフォークでなため切りのバナナを一かけ口に運ぶ。大抵の人が注文するだけあって、生クリームはなめらかで、全体に品のよい甘さ、バナナの熟し具合も文句なく、実においしい。大人のためのシンプルなパフェといった感じだ。

半分ほど食べたところで、喫茶店の扉が開き、短い髭の男が入ってきた。水色のシャツと紺色のズボンを身につけ、ビジネス鞄を提げている。店内を見回してから、草のいるテーブルに近づき、まず白い封筒を置いた。表には「リョウイチ様」、中にはここへ来るようにと書いた便箋が入っている。男がパフェの残量を見て、ほっとしたような表情をした。水色のシャツは張りのある麻素材で、暑さの戻ったこの日にふさわしく涼しげだ。

草は男を見上げ、座るよう促した。

午前中この男を自宅で待つ間、やはり人目があるほうがいいだろうと思い直し、あらためて用意した封書を玄関のガラス戸へ貼りつけて、ここまで来てみたのだった。中心市街地とは逆の方向へ来れば、知人に会う確率は低い。

「バス？」

「タクシーです」

「そう。いい場所でしょう」

男はすでに出窓の外へ目をやり、青紅葉や眼下の街を眺めている。

「ええ。静かですね」

水と紙おしぼりを持ってきたウエイターへ、同じものを、と男が注文する。

あまり待たせずに済んだことにほっとし、窓からの眺めを楽しみ、パフェまで食べようとする。その自然に見える立ち居振る舞いのすべてが、相手と同調して油断させるための術だとしたら――努めて一定の距離を保つよう、草は自分に言い聞かせる。

「初めに断っておきますけど、こちらにはお会いする理由がないの。おわかりですよね」

男は目を合わせ、微動だにしない。

「それでも、こうして顔を合わせた以上、お話は伺うわ。まず、あなたはどこの誰なの？」

ですから良一、と言いかけた男の言葉を草は遮った。

「仮にあなたの主張どおりだとしても、村岡良一として育ったわけじゃないでしょ。少なくとも、戸籍上あの子は死亡してる」

男は水を一口飲み、口元を拭った。置かれたグラスの水が大きく揺れる。

「キクを覚えておいでですか」

甘い痛みが胸に微かに走った。乳首を赤ん坊に噛まれたような痛みだ。村岡良一、キク、ときて思い出せないはずがなかったが、草はあえて聞き返した。

「キク？」

「米沢市の村岡家で働いていたキクです」

牛のように大柄でぬくい身体をしていたキクが思い出された。家政婦であり、良一の乳母でもあった彼女を忘れようもない。育児を母屋の義母に取り上げられた状態だったのに、キクが人間として当然といった態度で、うまく人目を避けては良一を離れまで連れてきてくれたものだった。

「その方が？」

草は再びパフェに手をつけ、動揺を隠した。一杯分のコーヒー豆を挽く音がした。

男は薄いビジネス鞄から、差し込み式の透明ファイルを引き出した。透明ファイルの中身は、戸籍謄本だった。

「キクは戸籍上の実母です。私は、丹野キクの息子、丹野学として育ちました」

男が言葉を区切り、戸籍謄本の該当個所を指差す。

草は首の紐をたぐって懐から老眼鏡を取り出してかけ、戸籍謄本を手に取った。本籍地は山形県米沢市。取得日は五か月前。偽造した書類には見えない。

丹野は良一と同じ年に生まれている。早生まれのため、学年でいえば一つ上にあたる。父が丹野均、母が丹野キク。キクは村岡家で働きながら妊娠出産を経験したことになるが、草は特に意識した覚えがない。村岡家の親族や客の子守をたびたび任され、母乳の乏しい母親に代わって良一に自身の乳を飲ませるのも堂に入っていた、それがキクだった。たくましい体が妊娠を感じさせず、出産直前まで働き、あるいは乳飲み子連れで仕事に戻ったのかもしれない。子だくさんのイメージとは違い、戸籍上、子供は学のみ。その学に婚姻歴はない。


　草は良一の短すぎる一生を振り返った。米沢市の旧家に生まれ、両親が離婚。母親はこの街へ出戻り、父親は間もなく良家の娘と再婚した。その後、良一はわずか三歳で水路に落ちて死亡する。村岡家は葬儀をとり行い、先祖代々の墓に葬った。前妻である実母は葬儀に参列することも叶わず、あの子のブリキの電車を骨壺に入れて杉浦家の墓に納めたのだ。

　その良一が眼前にいるという。まったく、あきれた嘘話だった。草は冷やかに男を見返した。

「で？」

男は深いため息をついた。相手にされていないことが、さも不当であるかのように。

草が角切りのバナナがシロップ漬けになっている底の部分に手をつけたところで、新しいバナナパフェとコーヒーが運ばれてきた。

「食べながらどうぞ。黙って聞きますから」

微笑みが充分皮肉に映るのを、草は自覚していた。

男はまたビジネス鞄を開け、今度は黒い長財布を取り出し、丹野学の運転免許証を提示した。草も再び老眼鏡をかける。写真は確かにこの短い髭の男であり、現住所は東京都渋谷区恵比寿のマンションだ。男が丹野学であることは、間違いないらしい。

草は空になったパフェグラスの横へ運転免許証を置き、指先で押し返した。こうなると、あのキクの息子がなぜこんな嘘をつくのかを見定めたい、という好奇心のほうが強くなってくる。

草が目で促すと、男はコーヒーを一口飲んでから語りだした。

「養母のキクは、長年都内の料亭で働き、今は米沢へ戻って暮らしています」

キクが生きていて、うれしかった。養母という言葉は引っかかったものの、草は黙っていた。

「養父の均は、私が高三の時に他界しました。私が小さいうちに有り金を持って女といなくなり、結局そのままでした。ろくに働かず、警察にもお世話になった男だったそうで……」

丹野は声を低めていた。彼の後ろのテーブルは少し前に空いたし、隣のテーブルはもとから客がいない。

「養父が亡くなっても、そうか、と思った程度です。別の言い方をすれば……そうですね、身軽になったのかもしれません。その後、私は東京の大学へ進学し、養母は都内の料亭で働いて、別々の新しい暮らしを始めましたから。あの男がいなくなってみると、音信不通でも精神的に縛られていたんだなあ、と感じました。遠くから、こう、動きを抑制されていたみたいな……」

丹野が宙で両手を動かし、見えない糸をからめとるような仕草をする。

「すみません。ひどい話ですね」

草は、先日の夜に見た蜘蛛の網を思った。

バニラアイスがとけたらしく、パフェの山がずずっと沈む。

草の視線に気づいた丹野は、初めて柄の長いスプーンを持ち、二口、三口と立て続けに食べ、バナナも口に入れた。最初は義務のような動きだったが、あとはおいしさにつられたようだ。

唇の右端についた生クリームを拭うよう、草は仕草で教えた。丹野が鏡のように左手を動かして左端を拭おうとするので、逆側の手で教え直すと、今度はうまくいった。

「証拠がほしいとお思いでしょう、私が良一だという」

丹野は生クリームのついた指先を紙おしぼりできれいにし、少しの間、上方に目を走らせてから、大きく息を吸った。

「例の件、きみの見方どおりだった。脱帽」

草は目を見張った。

丹野が、まだ続けている。

「ところで、近頃の初之輔君はいい。吉野先生も仰って――」

「あら、こんにちは」

呆然とする草に、声がかかった。見れば、小蔵屋の常連だ。今回の石井栄慈展は面白いと言った、高齢の女性客である。きょうだいなのか、よく似た顔立ちの男女を連れている。間もなく丹野にも気づいて驚き、シーツを拾ってもらった際の礼を述べ、この人がそうなのよ、とまるで今し方まで彼の噂をしていたかのように連れに話し、草には知り合いなのかと目を丸くする。その間中、草が見ていたのは、透善から送られた青い湖の絵葉書だった。

丹野はいつの間にかテーブルの上にあった封筒などを片付け、千円札を数枚置き、ビジネス鞄を持って立ち上がっていた。

「眺めのいいお店を教えていただいたら、偶然お会いしまして」

曖昧(あいまい)で上手な言い訳が頭上から降ってくるので、草はほとんど感心して丹野を見上げた。

丹野は、ではお先に、と草へ、次の予定があるので、と小蔵屋の常連へ物腰やわらかく断り、先に喫茶店を出てゆく。ゆったりとした足どりに不自然さはない。

小蔵屋の常連は彼の後ろ姿を見送り、惚れ惚れしたかのようなため息をついた。そうして、草に連れを紹介し――やはり、彼らはきょうだいだった――、さらに連れにも小蔵屋の店主を紹介してから、窓辺の隣のテーブルについた。

言葉を交わし、微笑んだ草だったが、殴られたみたいに頭がしびれきっていた。

買われてゆく器の、盛り上がった刷毛の塗り目に触れ、仏壇にしまってある安手の手文庫の鋳を連想し、透善からの手紙の束を思う。青い湖の絵葉書の、黒インクでしたためられた文面を暗唱したからといって驚く必要などなかったのに、と草はあれから自分に何度言ったかわからない。

古い手紙の束を善意で村岡家から持ち出した。そう考えてみれば、あのキクならありそうなことであり、だとすれば、キクの息子が読んでしまうこともあり得る。手紙の暗唱は、あの男が良一だという証拠にはならない。なのに、あんなに動揺するなんて――草は奥歯を噛みしめる。平然と嘘をつく丹野学を優位に立たせてしまった自分が腹立たしかった。

客に手渡した釣り銭から、小銭を戻された。

「百八十円を出したから、千円札を」

草は我に返って謝り、釣り銭を渡し直す。

大丈夫ですか、と隣にいた久実が草の顔を覗き込む。さっきは店の固定電話に、はい杉浦です、と出てしまい、その前は地元情報誌から取材の申し込みがあったと久実の報告を受けて生返事を繰り返してしまった。久実が心配するのも当り前だった。

「ごめんなさい。ちょっと寝不足なのよ」

「それなら、先にお昼休みをどうぞ。このぶんなら、長めにとっていただいて平気です」

ガラス戸の向こうの、深い軒の外はひどくまぶしく、無人になった街のように人の気配がしなくなっていた。今し方、器を買って帰った客は、車のデジタル温度計が三十度超えだと言っていた。

「じゃ、お言葉に甘えようかな。悪いわね」

何が目的かわからない男の術中にはまり、日常がおかしくなっては相手の思う壺だ。

草は気を取り直して、黒豆ご飯と粕漬けの鮭、グリーンサラダの昼食をしっかりとり、風を通した居間に横になった。

畳の上でガーゼの薄掛けを首元までかけると、子供の頃の夏に帰ったようだった。目を閉じる。父と母が店先で忙しく働く気配が蘇り、兄が廊下を急ぐ音や、妹のぐずる声までが聞こえてくる。草は、やがて蟬の声に起こされた。

寝ぼけ眼(まなこ)のまま、縁側の向こうの狭い庭を眺める。さすがに五月の蟬はないだろうと思っても、耳の底に蟬の声が残っていた。

「まったく、何が本当なんだか……」

満足のいく昼寝のおかげで大分すっきりした草は、再び店に立った。

あまりの暑さに客が途絶えてしまっていた。

久実は持参した弁当を事務所で平らげると、カウンター内にやって来て、コーヒー片手に立ち話を始めた。昨日の定休日に、一ノ瀬と二人で森マンションの内見をしてきたという。よほどよかったのか、話したくてうずうずしている様子だ。

「どうだった？」

「ウサギさんが大変でしたよ」

草はウサギを宇佐木と頭の中で直し、ああ眼科のね、と言うと、兄弟喧嘩で、と言った久実の声にかぶった。

「ご存じなんですか？」

「兄弟喧嘩？」

「そうなんです。マンションの入り口で。弟のほうは酒臭いし、お兄さんのほうは暴力的だし、公介が止めに入らなかったら、血を見てましたね」

「すぐ近くの宇佐木眼科とその向かいのコーウン薬局なのよ」

「そんな眼科と薬局ありましたっけ？」

「跡を継いだ二人って、そんなに仲が悪いの？」

質問と答えが入り乱れた会話はそれなりに成立していて、なんだか可笑しくなり、二人で顔を見合わせてくすっとした。

「1DKから3LDKまで、部屋のタイプは選び放題なんですけどね」

久実は当てが外れたらしく、唇を尖らせる。

草は、幅広のテープで投入口をふさいだ郵便受けの多さを思い出した。

「あのマンション、半分くらい空いてるものね。管理も今一つ」

「そうなんです。中に入ったことがあるんですか」

「ううん。そうじゃないけれど」

「全体に古くて、高齢者が多い感じ、かな」

他がよさそうね、と草が言うと、久実が残念そうに肩をすくめる。

「仲介の不動産屋さんも、他にいいのがありますよ、って」

久実がエプロンのポケットから小蔵屋の葉書大のチラシを取り出し、会計カウンター下の棚へしまった。どうしたのかと草がたずねると、見るついでに森マンションへポスティングしてきました、と言う。訊けば、今回だけではなかった。商売にも熱心な久実に、草は小分け包装のチョコレートを小さな菓子盆にいくつか入れて出した。

店の固定電話が鳴った。

昼休みのはずの久実が子機を取り、少々お待ちください、と表情を明るくして言ってから電話口をふさいだ。

「田中初之輔さんから、お電話です」

昔から草と親しいという程度に、久実も初之輔のことを知っている。

草は事務所へ行き、電話に出た。バクサンとの先日のやりとりが頭をよぎった。

「もしもし、お待たせして。草です」

「お久し振り。初之輔です」

「元気そうね」

「草さんも」

「バクサンも、でしょう」

説明不要だ、と初之輔が愉快そうに笑う。良一を名のる男が現れたと、やはりバクサンから初之輔へ連絡がいったのだった。初之輔経由で、透善の手紙の束は届いた。その後に、現れた男だ。何か手がかりがないか、と思うのも道理だった。

「一つ、お伝えしておこうと思ってね」

なあに、と草は努めて呑気な返事をしてみる。

「前に、草さんへ僕から送ったものだけど」

「開けてみたら、透善から私に宛てた古い手紙だったのよ」

「見てはないけど、そのようだね。あれ、実は神田にある、米沢の郷土料理屋で手にしたんだ。ひらがなで『よねざわ』、ご存じかな」

いいえ、と草が応じると、開業時に村岡さんも出資したらしいですよ、と郷土料理屋の情報を付け加える。

「昭和四十年頃からのお店でね、米沢に縁のある人たちのたまり場になっていて」

何十年も前の出資話とはいえ、それは草にとって最新の透善の姿だった。

「僕は、おかげさまでまとまった唯一の自著が縁で、人に連れられて行ったわけ、ですよ」

初之輔の照れを、草は感じとった。初之輔は自身の才能に自信が持てないまま、若い時に筆を折り、勤め人の道を選んだ。その種の自信のなさは今も変わらない。

「知人に送った一冊が方々で披露されるうちに、天にいた福永(ふくなが)の目に触れてね。実に世間は狭いんだ。覚えているかなあ、八重歯で坊主頭の……」

草の記憶は刺激され、コップ酒をあおる男にやすやすと焦点を当てた。

「いつも服に絵の具がついていて、あたりめの好きな」

福永は、するめのことをあたりめと言ったものだった。するめを皿ごと彼へ渡す、透善の姿も目に浮かぶ。

「うん、その福永」

話が福永へと脱線した。福永は中堅の広告代理店に勤務して以降は生活が安定し、子や孫にも恵まれ、数年前に妻を看取ったという。

「それで話を戻すと、福永に連れて行かれたよねざわで、あの荷物を草さんへ送ってほしいと渡されたんだ。その人も客でね、米沢出身の丹野学」

まさにその男なのよ、という言葉を、草は呑み込んだ。初之輔に余計な責任を感じてほしくなかった。電話の向こうから、手帳をめくるような音がする。書きつけたものがあるらしい。草もボールペンとメモ用紙を引き寄せた。

「彼は五十代かな。料理を取り分けたり酒を頼んだり、さりげなく気が利いてね。初回は三人で飲んで、二回目は荷物を預かるために僕だけが会った」

「丹野学さん、ね。職業は？」

何だろう、と返事があった。相手が話さないことまで取り立てて訊く気のない、いかにも初之輔らしかった。

「その人、杉浦草をよく知ってた？」

「最初は、村岡さん、天、その辺に興味を示して寄ってきたんだ。三人で話すうちに芸術村、草さんへと話題が移って——」

丹野は福永をタクシーに乗せたあと、昔母親が草さんと親しくお返ししたいものがある、できればお渡し願えないか、と初之輔に頼んだという。中身は先方が見ればわかる、母や私のことは伝える必要もない、ただ送ってもらえれば、と。

「飲みながら小蔵屋の話もしたから、彼が自分で送るつもりならできたはずなんだ。はて誰だろうと思うような小包にしたくない、そういった配慮だと、その時は納得したけど、どうも不自然に思えてきてね。平気だったのかな」

平気よ、と草は即座に返す。

「本当に？」

「本当に。米沢の丹野さんと聞いたら、すぐに丹野キクさんの顔が思い浮かんだわ。村岡家で働いていた人なのよ。とってもいい方なの」

明るく応じると、初之輔のほっとした息遣いが電話越しに伝わってきた。

「僕もバクサンに賛成。おかしな男には会わないことだよ」

「そうね。ありがとう、心配してくれて」

だが、会わないという選択肢はそもそもなかった。丹野は意を決して、ここ、紅雲町へやって来たのだ。

お互い元気でいようと誓いあい、草は受話器を置いた。

胸はあたたかく、頭は冷えきっている。

親切、優しい、気が利く。

丹野の歩き回ったあとは、きれいなものだ。そのきれいなあとをたどればたどるほど、不審、妙、不自然がからみついてくる。丹野は直接送れば済むものを、あえて初之輔を頼った。なのに、今になってここにいる。その目的、心理がわからない。

いらっしゃいませ、と久実の声がした。

草は仕事に戻る。笑顔で客を迎え、久実にゆっくり昼休みをとるように言っても、あの男の気配は消えない。

給料日後の土日は繁盛し、週明けは静かに始まった。

草は、快気祝いの贈答品が入った紙袋を両手に提げ、買い求めた客を車まで送り、車窓をふいに打ったひと滴に空を仰いだ。日射しはまぶしいのに、頭上から西にかけて雲が広がっている。客の車が出ていく間に降りが強まり、草は輝く雨に追われて店へ戻った。

「お天気雨ねえ」

小走りに店へ飛び込むと、会計カウンターに久実と客がいたが、カメムシのにおいでも嗅いだような顔をして、うんでもすんでもない。

割烹着の雨を払いながらカウンター内へ入って、ぎょっとした。

目の前の席にぽつんといる客が、左頬を赤黒く腫らし、唇から血をたらしている。髪やチェック柄のシャツが少し濡れていた。会計中の客と久実が妙な表情のまま草を目で追っていたわけが、やっと草自身にも呑み込めた。

懐の携帯電話が、ごく短く振動した。見てみれば、接客中の久実からの実に手早いメッセージだった。

《ウサギ弟です》

草は心の中でため息をついた。冷凍庫の中から適当な大きさの保冷剤を取り出して濡れタオルに巻き、淹れて間もないあたたかなコーヒーを染め付けの蕎麦猪口へ注ぐ。両方を宇佐木弟へ差し出すと、

「持ち合わせがなくて」

と、さほど申し訳もなさそうな反応があった。

「試飲ですから」

「他の商品も買えない」

息が酒臭い。無表情で目がよどみ、全身がひどくむくんでいる。草は白磁の大きなフリーカップに冷水をたっぷり入れ、コーヒーの脇に添えた。先日の久実によれば、宇佐木弟はマンションでの兄弟喧嘩の際も酒臭かった。深酒が過ぎたというより、酒から逃れられずにいる、そんな深刻さが漂う。

客が一人帰り、急な雨に濡れた人が次、また次と入ってきた。

草は、さらに自宅から使い捨てのマスクを持ってきて宇佐木弟へ渡す。彼が血に汚れたタオルを草へ戻し、受け取ったマスクをつけた。コーヒーがなくなっていたので注ぎ足してやろうとすると、節がわからないほどふくれた手が蕎麦猪口を覆った。

そうやって、お酒も断りなさいよ――草は、とろんとした小さな目を見た。

その目が言う。あんたに何がわかる。

昔、天にも酒なしではいられない絵描きがいた。繰り返される酷評に耐えきれずに酒へ逃げ、ついには脳に支障をきたし、絵筆が握れなくなった。昼夜問わず蘇る戦地の記憶に苦しんでいたとの噂もあった。ゆるやかな自殺さ、と透善は言った。他の道を選べば楽になるんじゃないの？　そう問いかけた草に微笑んだ。あれで彼は幸せなのさ。死ぬまで絵描きだからね。

でもね、この人は絵描きじゃないのよ——老いた草は、遥か昔の透善に言っていた。世界は広く、選択肢は無限にある。

「一体、何が飲ませるの？」

半ば無駄と知りつつ、草は問いかける。

宇佐木弟は鬱陶しそうに、それでも顔を上げて草の目を見たが、それだけだった。

その夕方、西の空は黒い雲が浮かび、恐いほど赤く染まった。

客のいない閉店直前にやって来た一ノ瀬は、珍客について聞くと渋い顔をした。

「依存症で開いた穴は底無し。金も、人も、丸呑み込みだ」

「お兄さんが、お金を取り上げてたよね」

「あれで薬剤師じゃ、やば過ぎる」

一ノ瀬の台詞に、久実が身体をぶるっと震わせる。

兄が眼科医なのかと草が訊くと、二人はうなずき、久実がふてくされたような顔を作った。

「目医者がそんなに偉いか、その偉そうな態度が患者を減らすんだ、って宇佐木弟が」

酒が切れればいらつき、いらつけば他を責める。そんな弟よりもむしろ、終わりの見えない綱引きを続ける兄を草は思った。綱を放せば、弟は底無しの穴へ落ちる。

久実と一ノ瀬が腹を鳴らし、なんとなく三人で夕食を作ることになった。

蛙が鳴き、白い猫が沓脱ぎ石の上で顔を洗う。エアコンで除湿しているが、それでも蒸し暑い。

「また降りますかね」

「久実ちゃん、レタスの葉が床に」

「布巾、どっち使っていいんだ？」

夕食に一ノ瀬が作ったトマトとベーコンのパスタは辛めで食欲をそそり、久実の担当したサラダは蒸し鶏が入ってボリュームがあり、草の作り置きの煮物などはきれいになくなった。

空いた冷蔵庫、横文字の調味料類が増えた棚が、湯上がりの草を微笑ませた。

スーパーから眺める表は、見る間に日が差し、暑そうになった。

牡蠣のオイル漬けや黒毛和牛の大和煮の缶詰、マーマレードの大瓶などが安く、ついでに買ってしまった。満杯になったあずま袋と保冷バッグ、レジ袋の三つを作荷台(さっかだい)から持ち上げ、買いすぎたと反省したが、サービスカウンターで配送を頼むような距離でもない。

草は蝙蝠傘の手元を半幅帯の腰に引っかけてから、三袋を再度両手に提げ、小さな老体に帰れるかと相談する。

「ま、なんとかなるか」

「車でお送りしますよ」

背後から、笑いを含んだ声がした。草が荷の重さにペンギンのようなぎこちなさで身体の向きを変えると、カートを押す江子がいた。その会計済みの赤い店内かごからも、缶詰がいくつも覗いている。

「ついね」

「そうですね、つい」

車に乗せてもらえば、帰りはものの一分だ。

「この黒毛和牛の缶詰って、案外おいしいですよね」

「ええ。米二合、刻み生姜で炊き込みご飯にすると特に」

「そうなんですか。知らなかった。水加減は？」

「煮汁、日本酒少々を含めて炊飯器の目盛りまで。あとは和牛と刻み生姜を上に。お好みで、生姜を瓶詰めの実山椒の水煮に変えてもよし」

「今夜、早速作ってみます。あっ、荷物下ろすの、お手伝いしますから」

「とんでもない、そんな身重で」

その間に到着してしまい、裏道から荷物を二回に分けて運んでも、草の昼休みは大幅に余った。助手席の開いている窓から、草は江子に話しかけた。丹野学はまだ森マンションにいるのか、いるなら何号室なのか、と訊くこともできたが、どこからか警報が聞こえるようでたずねはしなかった。

「助かったわ。ありがとうございました」

「お店の時だけなんですね、あの、ありがとうございました、は」

微笑みで応じた草は休んでいかないかと誘ったが、冷蔵庫へしまうものが忙しいから
と江子は断った。

「お店は人柄ですね」

江子は、少し遠い目をした。うちはまた会いたい人になれるのかしら、とも言った。

独り言の口調だった。うちとは、もり寿司であり、忠大のことなのだろう。

「それじゃ、失礼します」

草は、去ってゆくベージュ色の欧風の車に手を振った。

――この子に説明できる？

思い返せば、夫の忠大に迫った先日の彼女はすでに母親の顔つきだった。

あの男が来るなら次の定休日だろうと予想していたのだったが、実際にはその前日、
水曜の晩となった。久実の退店を待っていたかのように丹野は訪れ、できれば続きを、
と言った。
丹野学は、店前の駐車場に銀色の小型車を停めていた。
隣の市に九時半ラストオーダーのレストランがある、これからどうかと草が誘うと、
丹野学はうなずいた。予約の電話にバクサンは、テーブルを用意して待ってるよ、少し
待たせるかもしれないが、と応じた。急な客だという浮かない声を聞き、老婆一人にし

ておくよりは無理にでも席を作ったほうがましだと思ったらしかった。

丹野学の車は、「わ」ナンバーのレンタカーだった。

国道へ出ると、お見せしたいものがまだあるんです、と丹野は切り出したが、話はレストランで、と草が言うと黙った。カーラジオからは、南国の浜辺が似合う軽快な曲が流れていた。

車がレストランに到着すると、草は丹野を先に歩かせた。

スイカズラの黄色い花のアーチをくぐり、草花の間の石畳を踏んで、西洋風田舎家のつくりの店に足を踏み入れる。食欲をそそる香りと、客の楽しげなおしゃべりに包まれる。それだけで、丹野はすっかり魅了されたようだった。

「ポンヌフアン……いいお店ですね」

「来た時、そこに石橋があったでしょう」

入り口の壁にかかっていた額、フランスの石橋の写真を、丹野は見逃さなかった。

「パリの橋、ポンヌフにちなんだ店名か。フレンチですか」

「ちょっと和風のね」

給仕係が案内したテーブルは、フランス窓寄りの奥だった。

外灯に、庭の薔薇が浮かび上がっている。

丹野の正面にはパリの街角を描いた絵画があり、草の席からは厨房への出入口や店全体が見渡せる。おれがいるからな、とでもいうように、真っ白いコックコートのバクサンが遠くに現れた。短く整えた髪、引き締まった身体は相変わらずだ。

草は肉料理の簡素なコースを頼み、丹野もそれにならう。

帰りは運転代行と決めて、料理にあうワインも注文した。

前菜三種盛り合わせの中の一品、和牛のローストビーフを使った小さな握り鮨は、地味だが印象的だった。生わさびを使ったソースが添えてあり、どこかに柑橘系の風味も感じられ、鼻孔に抜ける香りまでが忘れられない。メインの若鶏のローストは、皮がパリッと香ばしく、中からは肉汁がほとばしった。丹野は実のある美しい料理に見とれ、舌鼓を打ち、ポンヌファンについて草や給仕係にあれこれたずねた。バクサンの料理は、無粋な会話を遠ざける。

だが、いつまでもこのままとはいかない。草もいいかげん、今夜で終えたかった。

デザートを待つ間に、草は自ら切り出した。

「他に見せたいものって？」

丹野は静かにうなずいた。横の椅子に置いてあったビジネス鞄から黒いポーチを取り出し、さらにその中のものを摑んで、テーブルの淡い色をした薔薇の脇にそっと置いた。

それは、片手に収まるほど小さな、古い聖書だった。

黒い革表紙で、表には十字架が凸型に浮き上がり、背には「聖書」の文字が刻まれている。

だが、聖書だと草がわかったのは、経年で削れてしまった十字架を見たからでも、金箔の剝落した背文字を見たからでもなかった。この聖書の何十年か前を知っていたからだ。ある日はうつむく透善の手にあり、また、ある日は清本旅館のベッドサイドの引き出しに大切にしまわれていた。聖書には、手帳を破った一枚が挟んである。

　きみがここを耕して
　麦を蒔き
　花を育ててくれるなら
　ぼくはここに喜んで
　土となろう

　戦地から送られた短い詩だ。泥か血かわからない手指の跡だらけで、鉛筆書きの。詩人は帰らず、その紙片と、出征前にくれたという聖書は遺品となった。透善は敗戦後、荒廃した国を耕して芸術という名の麦や花を育もうと必死だった。金の無駄、道楽者と指差されながら。小説や絵画によって魂が満たされることを知っていたから。

　デザートのチェリークラフティとコーヒーが運ばれた。

　カスタード生地にさくらんぼを並べて焼いたフランス伝統の菓子に、生のブルーベリーと丸くくり抜かれたメロンが添えられ、白い皿は色鮮やかだ。

　詩人が最期に見ただろう光景との落差に、草は言葉をなくした。

だが、透善に言わせれば、だからといって飲まぬ食わぬは偽善だった。酒を飲み、うまいものを食い、芸術を愛で、人生を謳歌するんだ。それが供養だ。悪いか！　泥酔した透善を脳裏に浮かべ、草は磨き上げられたフォークを持ってチェリークラフティを口に運ぶ。透善にとって苦しい酒があったことを思い出した。

丹野も、黙ってデザートを食べ、コーヒーを飲んでいる。

「いろいろなものを持っているのね」

コーヒーカップを置いた丹野が、草の目を見た。

「持っていたのは、丹野キクです」

「なら、なおさら息子だという証拠にはならないわ。そうでしょう」

「なりませんか……」

「神田のよねざわで田中初之輔をつかまえ、母や自分のことは伝えなくていいと頼んだのに、結局、あなたはここにいる。奇妙だわね。一体、目的は何？」

丹野は、額をチクッと刺されでもしたかのように眉根を寄せた。

皿に描かれた美しい絵は壊され、茶、赤紫、黄緑色の跡が散る。

ラストオーダーの時間は過ぎ、客が次々帰ってゆく。

満足そうな男性客に呼ばれたバクサンが、見送りのために表へ出ていった。

コースにはない二皿目の小さなデザートと、コーヒーのおかわりが草のテーブルに用意された。銀製の冷えた器に盛られたカシスのシャーベットは、これ以上食べられないはずの舌にすっと溶けてゆく。

丹野も何も言わず、カシスのシャーベットを食べ続けている。

賢そうな額や、シャーベットをすくう丁寧な手つきを眺めるうちに、草はキクになってしまう。質素な食卓を二人で囲み、やはりこの額や仕草を眺めている。そうなると、妙な話を持ちかけてきたのは丹野学のほうだというのに、自分が悪者のような気がしてきてしまう。何の非もないキクを悲しませている、と思うといたたまれない。

「食事も済んだことだし、これで終わりにしましょ」

丹野がアイスクリームカップにスプーンを置き、顔を上げた。

「あなたは証拠の品を披露して、私の反応を見る。私は、それが息子だという証拠にはならないと思う。あなたの目的はわからないまま。その繰り返し。意味があるとは思えないわ」

「それは――」

草は、丹野の言葉を遮った。

「前にも言ったけれど、私にはあなたに会う理由がない。良一は亡くなって、長いこと向こうで私を待っているの。もう勘弁してちょうだい」

丹野が悲しそうに、肩を落とした。

本当にこれじゃ私が悪者よね、と草は思い、ため息が出た。

分厚い手が、革表紙の聖書に伸びた。

いつの間にか、バクサンがテーブル脇に立っていた。

聖書をそっと持ち、ページをめくり、紙片の短い詩を読み直す。鼻息が荒くなった。眼前のもの以上のものを見ているのがわかるだけに、草はバクサンの顔が見られなかった。

残っていたもう一組の客が帰ってゆく。バクサンが会釈する気配がした。帰っていった客のテーブルは、間もなくきれいに片付けられた。

バクサンは、白いコックコートの胸に聖書を抱いた。

「きみに、これを持っている資格があるか」

さきほどからバクサンを見上げていた丹野が気色ばんだ。

「ごちそうさまでした。とてもおいしかった」

何をご存じか知らないが、あなたには関係ない。そういう意味だ。バクサンは表情を変えない。だが、神経をますます逆なでされたことだろう。草はバクサンの硬い右腕に触れた。

「運転代行を呼んでちょうだい」

バクサンは、草を見もしない。

「なぜ、きみは初めて来たみたいに振る舞う」

そんなことは、と丹野が言葉を濁した。明らかに動揺している。

「給仕長がきみを覚えている。お腹の大きな女性と一緒だった。店についていろいろたずねた。予約をしない客はめずらしいんだ」

丹野が青ざめ、バクサンから草へと視線を移した。丹野と江子がここで食事をしたということになるらしい。草は意外に感じたが、まったく想像できない話でもないと思い直した。

丹野が庭の方へ目をやり、鼻先で笑う。

「本当にめずらしいお店ですね。客について、あることないことぺらぺら話すなんて」

「ポンヌファンは客を選ぶ」

丹野が、今度は挑戦的にバクサンを見上げた。

「あなたを支えているのは、家族のために筆を折ったという自尊心ですか」

草はとっさにバクサンの右腕を握り、グラスに残っていた水を丹野の顔へ浴びせた。

初之輔を守りたかった。酔った初之輔が旧友相手に、寺田博三の文才について語り、現在の活躍について誇る様子が見えるようだった。別に赤の他人へ不用意に、大切な人のことを漏らしたわけではない。そうに決まっている。

「初之輔さんは神田のよねざわという郷土料理屋で、あたりめの福永さんと一緒だったの。そこに、この人も居合わせただけなのよ。バクサンに対する初之輔さんの気持ちなんて、この人には微塵もわかりゃしないわ」

厨房の出入口にいた給仕係が、タオルを用意してやって来る。草はバクサンの腕を握った手を揺らし、運転代行をお願い、ともう一度頼んだ。バクサンは青ざめて丹野をにらみつけていたが、しかし、うなずいた。

「タクシーも呼ぶ。詐欺師と帰る必要はない」

給仕係が丹野にタオルを渡すより先に、バクサンは草へ聖書を預けてテーブルを離れた。

草はカードで会計を済ませ、再び丹野と二人になった。紬の膝にかけた白いナプキンの上に聖書はある。水をかけたことは謝らなかった。丹野は濡れた頭部や服を拭い、黙りこくっている。

「親切な人だと評判なのに、平気で人を傷つけるのね」

丹野は唇を引き結び、自分の身体を両腕で抱いた。

「バクサンへの侮辱も、彼の過去について他言することも、絶対に許さないわ」

五十過ぎの男が、爆発しそうな怒りを堪える子供のように目をそらし、身体を揺らす。

ここにキクさんがいたら、と草は考え、情けなくなった。

「この婆さんはそこそこの店を営む、独居の、寂しそうな年寄りに見えるでしょうね。それでも、かけがえのない人間関係はこうして続いてきたし、生きている限り新しい出会いもあって、そんなつながりに守られて暮らしているの。昨日今日飛び込んできた詐欺師の餌食なんかに、そう簡単にはならないわ」

丹野は詐欺師という言葉に反応して、草をにらんだ。草は深いため息をついた。

「一体、悪いのはどっちなの？」

丹野が自分の身体を抱いていた腕をほどき、ビジネス鞄を探り始めた。

「まだ、こんな茶番を続ける気？」

草は汕頭刺繍の白いハンカチを出し、聖書を包んでハンドバッグの中へしまった。透善に返そうと思った。実際には鏄の入ったあの手文庫に納めるだけだが、草にとっては、若い透善に返すことに他ならない。

ハンドバッグから目を上げると、テーブルの濡れていない草側の方へ、また封筒が置かれていた。古いものらしく、ひどく黄ばんでいる。

読めとばかりに、丹野は草をじっと見つめている。

見なければ後悔するとわかっているので、草は手を伸ばし、封筒を手にとった。

封筒は封がされておらず、中にはさらに開封された封書が入っていた。透善宛だ。女郎花柄の封筒に、切手が貼ってある。消印の日付は、結婚生活の終わりの頃を示していた。裏返すと、差出人として「草」とだけ書いてある。

草は、おかしなものに出くわしたみたいな気がして、思わず封書を黄ばんだ封筒の中へ押し込んだ。まったく覚えがなかった。だが、確かに自分の筆跡ではある。封筒を元どおりにしてテーブルへ置き、手を放すとほっとした。

その裏を見てください、と丹野が言う。

封筒に触れたくなかった草は首を横に振ったが、丹野が同じ言葉を繰り返した。しかたなく草は封筒を裏返した。右手の親指と人差し指のみ使った。黄ばんだ封筒の左下に、小さな文字で短く何かが書いてある。薄墨か鉛筆、そう思って草が顔を少し近づけると、老眼でもなんとか判読できた。

《学のじつの母》

草は何度も黙読した。

車がまいりました、と呼ぶ声がする。

一体、どこへ行くというのか。草は不思議に感じて顔を上げた。

第三章　ががんぼ

聖書に挟まれていた詩までは手にして読んだ。

だが、女郎花柄の封書は、それを丸ごと入れてある封筒のまま手文庫へしまい込んだ。子供のような文字の「学のじつの母」、自分の筆跡の差出人「草」、その二つが手紙を見たくないものにした。記憶から脱落した手紙を今さら読み返さないほうがいい、とどこからか声がする。あんなものまで大事にしてきたのは、やはりキクに違いなかった。キクは鉛筆を握りしめるようにして一生懸命に字を書き、ひらがなを多用した。

懐の携帯電話が何回か震え、止まった。

草は客の車を軒下で送り、電話を折り返す。由紀乃からだった。由紀乃の名を画面で見た途端にためらいを感じ、そんな自分がいやで、なおさら急いだ。

「ごめんなさいね、電話が取れなくて。今、お客さんを見送ったところなの」

「そう。こんにちは」

「こんにちは」

久し振りになっちゃったわね、という言葉を呑み込む。先日由紀乃宅でバクサンの電話を受けて以降、連絡を取りあっていなかった。もう一週間以上にもなるだろうか。あの時、幼馴染みの親友は自分を除け者にしたような電話について深く聞こうとはせず、あのバクサンが言うならと彼に賛同した。

——じゃ、私も言うわ。やめときなさい。

由紀乃にもらった一筆箋も無駄になり、丹野とは丘陵の喫茶店、それからポンヌフアンで二度も会ってしまった。親友を裏切っているような気分になってくる。

話題が見つからず、蒸し暑いわね、などと言ってしまう。

由紀乃が軽く咳払いをする。

「もう梅雨なのかしら」

前の道を、傘を差した人と差していない人が行き交う。老いた目には、雨の糸が見えなかった。このところ、晴れ間を縫って雨がよく降る。営業中にかけてきたにしては、はっきりしない電話だ。

「こんなお天気だからか、店も静かなもんなの」

「いずれ、すっきり晴れるわ」

少し間ができ、

「牛乳とバナナをお願いできる？」

と、由紀乃が訊いてきた。草は、丹野と丘陵の喫茶店で食べたバナナパフェを連想したが、それでもいつもの頼まれ事がうれしかった。

「もちろん。他にも買うものがあったら、また電話して」

「ええ。何かあったら」

「じゃ、またね」

「またね」

心がふっくらして電話を切る。

ガラス戸を開けた草に、由紀乃さんお元気ですか、とそこにいた久実が訊いてくるので、うなずいた。客の少ない間にと、久実は店を磨き上げている。

試飲の客は江子だけ。久実にコーヒー豆を注文し、草の淹れたコーヒーをカウンター席で啜っている。持参の雑誌をめくる音がする。いらっしゃいませ、この間はどうも、と草は迎え、江子は微笑んだのだった。炊き込みご飯の話も、缶詰のその後も出てこない。それがさっぱりしていて、今の草には心地よかった。

草はカウンター内にある愛用の木製の椅子に座り、背もたれまで敷いてある長座布団に深々と身を預けた。

ポンヌファンのテーブルで向かいあう、丹野と江子を想像する。

丹野はさりげなく気が利いて話題が豊富、江子は大方聞き役だが、一言二言こぼす。彼女の不安な気持ちを、丹野はすくい取って笑顔にさせる。そんな和やかな光景が目に浮かぶ。彼女にしてみれば、丹野は現状の夫よりも心許せる人なのかもしれない。それもいいわね、と草は思う。正しさに縛られていては、味わえないものがある。丹野に別の魂胆がなければ、という条件付きではあるけれど。

——あいつは病気だ。平然と嘘をつく。

ポンヌファンでタクシーに乗る時に聞いた、バクサンの言葉が蘇る。

——もう相手にしないわ。

——うん、それに限る。

——今夜は、本当にありがとう。

あの手紙を見せなくてよかった、とあらためて思う。学のじつの母、などという文字を見せたら、この先もバクサンと初之輔を巻き込んでしまう。過去を探らなければならず、容易な話ではない。少なくとも、丹野から続きを聞かなければならなかった。なのに、あれきり丹野は現れない。

「まったく……」

草は、はっとして口元に手を当てた。雑誌から顔を上げた江子と目が合った。

「ごめんなさい。考え事をしていたら、つい」

「つい。ありますよね。わかります」

安売りに負けて買い込んだ先日が思い出され、笑みを交わす。

がらっとガラス戸が開き、青いシャツの男が入ってきた。

いらっしゃいませ、と草は椅子から腰を浮かしたが、青いシャツの客は春に早期退職したという紅雲町の住人だった。江子に負けないほどふくらんだ腹をさすり、久実相手にコーヒー豆を選ぶ。

青いシャツの客を見た江子は、草に顔を向けた。

「嫌われた、って」

丹野の言った台詞らしかった。どうしてか、それが草にはわかった。江子が草を見つめている。

「そうなんですか？」

「そんな……嫌うも何も」

会いたくはないが会わなければならない、とも草は言えない。江子が微笑む。

「思い過ごしですね。伝えておきます」

雨の音が、店全体を包み始めた。

彼女はどこまで聞いたのだろうと、草は考えた。そうして、事の重大さを告げられていないから、気軽にこんな話ができるのだと結論づける。

江子は車に乗って帰り、そのあと訪れた常連の主婦は青い紫陽花（あじさい）を手みやげに現れた。庭から摘んできたという花を、雨の滴を残したまま、草は漆黒の水盤に活ける。水鏡に八重咲きの深い青が映り込み、涼しげな別世界が生まれる。

「お草さんの手にかかると、こうなるのねえ。大きくなり過ぎて困りものだったのに」

とはいえ、彼女は誇らしそうだ。誕生日に娘から贈られる多種多様な紫陽花の鉢植えを、毎年庭へ移すうちに、今では紫陽花屋敷と呼ばれる家となった。

「これは、いつのなんです?」

「二人目の孫が生まれた年だから、もう六年前ね」

彼女の紫陽花はアルバム並みに思い出を語り、客の目まで楽しませてくれる。

遅い昼休みの終わりに、草は頼まれていた牛乳とバナナを由紀乃へ届けた。

あとでよかったのに、と由紀乃が微笑み、掃き出し窓へ目をやる。小雨が続いている。

冷蔵庫を開けると、飲みかけと未開封の五百ミリリットルの牛乳パックが一本ずつ残っていた。野菜室には、レジ袋に包まれ、黒い斑点が増えたバナナも二本ある。物忘れが加速してからは数多くの失敗に学び、冷蔵庫を覗きながら、あるいは必要なものをメモしてから、ヘルパーや草へ頼むよう心がけている由紀乃のはずだった。

草は三本の牛乳の消費期限を見比べた。なるべく長く持つものを買ってきたので、一人でもなんとか飲みきれそうではある。ソファにいる由紀乃が、くすくす笑う。わかっている顔つきだ。

「草ちゃん、ミルクティーでもどう?」

「そうね。ここにクッキーもあることだし」

草は、キッチンカウンターの丸くて深い缶を指差す。

由紀乃が不自由なりに左手も使い、瓶の蜂蜜をカモノハシの嘴に似た専用スプーンでミルクティーへ落とす。草は由紀乃に言われ、缶のクッキーを小皿とジッパー付きの袋に少しずつ取り分け、残りを持ち帰り用にする。例の件について訊かれなかったし、自ら話題にもしなかった。でも、訊かれれば話すつもりでいたし、話せば聞いてくれると感じていた。そんな自分に安堵する。

来る時に、見上げた森マンションの窓に人影があった。三階の、向かって右の角部屋だった。小雨の中、窓が細く開いたのだ。網戸の向こうの姿はよく見えなかったが、おそらく男だ。視線が合ったと感じたのは気のせいだろうか。

草は由紀乃宅からの帰り、再び森マンション前を通ってみた。

降りは弱まって霧雨になっていたが、向かって右の三階角部屋は窓が閉まっていた。暖簾の下がったもり寿司に人の出入りはなく、携帯電話で話す大声がどこからか響いてくる。もり寿司のほうですか、はい、いつでも結構です、と聞こえた。どうも忠大らしかった。道枝先生の、と連立政権の代議士名が出る。では詳細は今夜の会合で、五階のパーティーは七時からですから伺えます、はい失礼いたします、と電話が締めくくられる。同じホテル内で行われる地域の会合から、さらに政治資金パーティーへと梯子する姿を、草は想像する。霧雨に濡れないように、傘をやや前方に倒して足を速めた。もり寿司前からセダンが発進し、その車窓に忠大の横顔があった。彼が草に気づいて会釈する。車は見る間に角を曲がって消えた。あんなことがあったにもかかわらず、忠大はにこやかだった。商人の習い性が薄ら寒く、草は微笑み返せなかった。

土曜ともなると、引きも切らず客が訪れる。

特に今日は、開店早々から試飲用の二十席ほどがいっぱいになった。草は客同士の話に耳を傾ける。どうも、また降りそうな曇天なので近場で過ごす人が多いようだ。

レジが一段落した久実が、試飲の器を下げてきた。

「割烹着を前掛けにしたのもいいですね。カウンターの向こうから見ても素敵です」

「そう？」

草は器を受け取り、微笑む。今朝から何回か着物や帯をほめてもらっていた。学のじつの母、の文字が頭から消えず、丹野もポンヌフアンで別れたきり。せめて気分を変えようと、砂色の地に細線の小千谷縮に今年初めて袖を通し、型染めの作家ものの帯をめずらしく仕事中に締めているのだった。

「さあ、みえましたよ。いつもどおりの土曜、ということで」

「え？」

久実が表へ出ていき、若い男女を迎え入れる。二人とも黒っぽい服装で、長身の男はノートを抱え、小柄な女は本格的なカメラを携えていた。

草は、地元情報誌の編集部だという二人から名刺をもらい、続いて一枚ものの企画書を受け取った。約束を失念しているという予感に襲われつつ、首にかけてある紐を引いて懐から老眼鏡を取り出す。

「週末、ぷらっと。この人に会いたい……」

週末にぎわう店へ突撃取材、個性的な店主の評判を客から直接聞くという企画だった。

突撃、と草がつぶやいて額に手を当てると、でもないですけど、と編集者が肩をすくめ、ノートを団扇がわりにして自身を扇ぐ。

そういえば、と草は頭をめぐらす。何日か前に久実から取材の件を聞き、丹野のことが気がかりで、生返事を繰り返してしまったのだった。見れば、カウンター内にある置き型カレンダーの今日には大きな丸がついており、「取材」と久実の文字が並んでいる。昨日から久実が張りきって店を磨き上げていたのも、このためだったらしい。事務所の机にも、これと同じ企画書があったような気がしてきた。あったとしても、自分がうんと言わない限り進む話ではないと思い込んだ可能性は高い。いずれにしても、うっかり過ぎる。自分にあきれ、あわてる気すら起こらない。

「ごめんなさい。全然、頭になかったわ」

草は小声で久実に白状した。ふぇ、と久実が変な声を上げる。何か、と取材側の二人に問われ、草は久実と笑ってごまかした。地元情報誌の取材は何回か受けているが、くつろぐ客の邪魔にならないように、また、いつもどおりを心がけてきた。久実にもそのように伝えてきたつもりなのに、思ったほど浸透していなかった。草はあらためて編集者と交渉し、店を出た客に取材すること、撮影についてはそっと、カウンター付近の短時間に限り、客の顔がわからないようにという条件をつける。久実と編集者の気分を害したとしても、しかたがない。

軒下で取材を受けた女性客が、それで今日は一段とおしゃれなのね、とガラス戸越しに、店内の草を振り返る。草は笑みを作る。いつもどおりという心がけも形無しだった。店内の撮影が始まると、カウンター席の中程にいた痩身の中年男性が帰っていった。寝不足の鳥とでも言いたいような疲れた顔をして、熱い小蔵屋オリジナルブレンドを啜り、うまい、とつぶやいた客だった。草は見送りに出て謝りたいくらいだったが、カメラのレンズに追われていてはそれもできなかった。

取材は長くはかからず、この日は閉店時間を十分ほど過ぎて最後の客を送り出した。

「カメラを見た途端、カウンターのお客さんが帰ったわね」

「あの人、宇佐木兄です」

久実から教えられ、草は初めて知った。少し前に訪ねてきた一ノ瀬は、草が洗う試飲用の器を拭いては作り付けの棚に戻している。

「来たのか、ここに」

「うん。できれば、宇佐木兄に取材してほしかったな」

どうして、と草は一ノ瀬と声を揃えた。

「あの人はお礼を言いに来たんですもん、絶対。弟がお世話になりましたって」

「なんでわかるんだ」

「お草さんばっかり見てたもの」

「ここで世話になったなんて、あの弟が兄貴に報告するか？」

顔を腫らした宇佐木弟が休んでいったことを、先日ここで話したから一ノ瀬も知っていた。

「そういうのは、本人が話さなくても伝わるの。患者さんとか、ご近所とか。みなさん見ていないようで、よーく見てるのよ」

草は一ノ瀬と顔を見合わせた。良きにつけ悪しきにつけ、人の口に戸は立てられない。多くの人が流入して地縁が薄まったとはいえ、この界隈では時折それを実感させられる。三人ともいろいろと経験済みだ。

久実が腰に手を当て、大きく胸を張る。

「小蔵屋は、和食器とコーヒー豆だけのお店じゃないのよ。だから、愛されるの」

草はこそばゆくなり、鼻の下を掻いた。

友人と居酒屋で待ち合わせているという若い二人を送り出す。

西の空はまだ薄明るく、空気はもったりとして蒸し暑い。

こんな晩はビールがおいしいと久実は上機嫌だ。パジェロを残し、一ノ瀬の似たような四輪駆動車のドアを開ける。その助手席の座面に、草はたたまれた青い縞のネクタイを見つけた。これでは、彼が家業を手伝い始めたと久実にわかってしまいかねない。とっさに運転席の一ノ瀬を見ると目が合った。どうするの、と目配せする。彼の目が、忘れてました、なんとかしてください、と訴える。草はシートのごみでも払うような調子でネクタイをつかみ、小千谷縮の袖に落とし込んだ。ケータイ持ったかなあ、と久実がトートバッグの中を探り始めなかったら間に合わなかった。

ハンドルを握って固まっていた一ノ瀬が、大きく息を吐いた。

朝からよく降る。

地元ＦＭ局からは、雨に似合う曲が流れ続けている。ピアノの音色がぽろぽろと雨粒のように輝いて聞こえる。

軒下にいた久実が一ノ瀬との短い電話を終え、ごみ袋の口をしばり始める。

運送屋の寺田が、草の淹れたコーヒーを啜った。

「クリーニングは自分で取りに行ってね、だってさ。まるで新婚だね」

娘をとられた父親のような表情をする。大きな娘が二人いる寺田としては、つきあいの長い久実に対しても複雑らしい。

「結構、彼は山から帰ってくるの？　この季節は月一みたいな話だったと思うけど」

「話に聞いていたより、頻繁だわね。かなり」

草は花鋏（はなばさみ）を握る手に力を入れる。桶の水の中で、パチンと切れのいい音がする。目が覚めるような緑の枝物を水切りし、先日もらった深い青の紫陽花とあわせて活けなおす。花はただそれだけでも美しいけれど、これもまたいい。

「女はドライですね」

「いいじゃないの、幸せなら」

「昔、そんな歌があったような」

こりゃ本物かな、と寺田が顔を洗うみたいに両手でなでる。

「あの二人はいろいろあり過ぎたから、正直なところ、もうだめかなと思った時もあったけど、どうもおれの見当違いだね」

コーヒーを飲み終えた寺田は、よっ新婚さん、と久実を冷やかし、またトラックに乗って出ていった。

草は、和食器売場の白い漆喰壁の前に、活けなおした紫陽花を飾った。水盤の水に映り込む鮮やかな緑と深い青は、現実の鏡にも、異界にも思える。

時は流れ、いいことも悪いことも永遠には続かない。

学のじつの母、の文字もなんだか悪い夢のように思えてきた。筆跡をまねるなんて、たやすい。キクの文字を知っている息子なら、なおさらだ。ポンヌフアン以来、丹野は現れない。このまま去るのかもしれない。独居の老店主相手から何が得られるかといろいろ画策してみたものの、思ったように事が運ばず、あきらめるのだ。そうだとしたら、こちらがあれこれ思い悩む必要などまったくない。

過去は、過去の箱にしまい込む。それが一番だ。

そう考えたにもかかわらず、その午後にはもう、草は仏壇の戸棚から手文庫を取り出していた。遺影の幼い良一が、切なそうに見えたからだ。ところが、手文庫を抱えてから良一を見直すと、お母さんは馬鹿だなあ、と今度は少し大人びた声にたしなめられてしまうのだった。結局、学のじつの母、の文字を再度見るまでに至らない。

「ほんと、お母さんは馬鹿ね」

雨のこの日、日曜でも夕方には客が引けてしまった。

草は久実に店を任せ、由紀乃のところへ早生のすももを届けた。

特段好きなわけでもなかったが、昼休みに八百屋の店先で一目惚れして買ってしまったのだった。何度見ても、丸い果実のお尻はつんと尖って愛らしく、張りのある皮の赤と黄の色合いが絶妙で目を奪われる。

小さな竹籠の一盛りを、由紀乃はまるで絵のようだと喜んでくれた。

その表情を思い返しつつ、草はまた蝙蝠傘を広げる。帰りも、なんとなく森マンション前を通ってしまう。行きには誰もいなかったマンション前に、傘を差した男が立っていた。磨かれた茶色い革靴、きちんとアイロンのかかった水色のシャツに黒っぽいズボン。傘ごと、男がこちらへ向く。草は足を止めた。

「こんにちは。先日はどうも」

傘の縁が上がり、その下から現れた顔は、しかし、丹野ではなかった。

「こんにちは。すみません、弟がご面倒をおかけしまして……」

落ち窪んだ大きな目の宇佐木兄が、軽く頭を下げ、当然のように小蔵屋の方向へ歩きだす。草がとまどいながらもあとに続くと、彼が今度は歩をゆるめ、年寄りを守るかのように一歩下がって車道側へ並んだ。

「薬にまで手を出しているわけじゃない？」

とりつくろった話をしてもしかたないので、草はあえて訊いてみた。

「あれでも一応、薬剤師なので」

「そのぶん、お酒に？」

どうでしょうか、のあとの言葉を、しぶきを上げて走る車がかき消す。飲むなと注意しても言うことを聞かない、といった内容のようだった。

「何も私に頭を下げなくても。大したことはしていませんし」

「とんでもない。あんな状態の弟に、ご親切に……本当に感謝しています。で、あの……内緒にしていただけませんか」

宇佐木兄は、口止めに現れたのだった。草は立ち止まった。ちょうど宇佐木眼科とコーウン薬局に挟まれた道だった。休診の日曜なので、普段以上にひっそりしている。

「口外はしませんけど、内緒はもう無理でしょう」

酔った頭で調剤を間違えば、人の命を奪いかねない。その点を草が指摘すると、彼は何秒か沈黙した。

「すみません」

大事になる前に、お酒か、薬剤師か、どちらかをやめなくては——草は斜め後ろにいる彼の胸から下を見て、言葉を呑み込んだ。なんだか、きちんとした服装が鎧に見えた。一見変わらない生活を営みながら、弟の人生まで背負う日々を思った。酒とともに、金も、時間も呑み込んでゆく深い穴を、落ちそうな弟の腕をつかんだまま覗き込んでいる。

この年寄りの言うことなど、この兄にはわかりすぎるほどわかっているのだろう。口を挟む側は言えば役目を果たした気になれるが、聞かされた側は無力感に苛まれ、放り出されるだけだった。

宇佐木兄は会釈し、引き返していった。草が寝不足の鳥のような顔を見たのは何秒でもなかった。

早朝、いつもどおり蝙蝠傘をついては河原から三つ辻の地蔵へと回って帰ると、玄関先に背広姿があった。一ノ瀬だった。違った、と思った草は、それを隠すためにいっそう明るく朝の挨拶を交わした。

一ノ瀬は、久実のいない早朝に、ネクタイを取りに寄ったのだった。

朝食を一緒にどうかと草が誘うとうなずき、腕時計を見る。

「急ぐの？」

「いいえ。食べるはずのものは、とっておけますか」

「え？　まあ、平気だけど……」

三十分後には、川べりの新しいカフェでパンケーキを食べていた。

皿は仕切りで二つに分かれ、ベーコンやスクランブルエッグの載った大判の薄いものと、果物や生クリームを添えた小さくふっくらしたものの二種類が一度に味わえる。

八時前のテラスは、貸し切り状態。オレンジ色のパラソルの向こうには、桜の葉が揺れる。下に見える川面がまぶしい。

「こんな朝は、めったにないわ。旅先みたい」

「転地効果、出るでしょう?」

「ほんと。人間は簡単ね。ここへ久実ちゃんとよく来るの?」

「お草さんを使って下調べです」

「あっそ」

草がのろけにあきれると、一ノ瀬は穏やかに微笑んだ。草が出かける支度をする二、三分の間に、彼は草の集めてきたごみを片付け、ごみ出しをし、車を裏へ回してくれていたのだった。

「登録商標のほうは?」

「法に訴えれば、手間も金もかかります。現状の一ノ瀬食品工業には大きな負担です。でも、今ならできる。偽物が正体をさらせば、本物の良さは自ずと伝わる。社員のやる気も取り戻せます。長い目で見たらプラスです」

考え抜いた末の答えだろう重みがあった。経営が苦しいのは今なのに、一ノ瀬はその先を見据えている。彼の態度には、自由さと、揺るがないものとが同居していた。弟の恋人を将来の無賃労働者程度にしか考えない次兄より、経営者向きなのかもしれない。一ノ瀬の落としたパンケーキのくずを、テラスの端にいた雀がちょんちょんと足で跳んできて、うれしそうについばむ。

草は仕入れで旅した場所についてぽつぽつと話した。一ノ瀬はその辺りで経験した登山について短く語った。遮るもののない夜空にいくつもの流れ星が降ったとか、岩間にたれるロープほどの滝が瞬く間に瀑布に変わったとか、そんな話だ。

紅茶の半分くらいは、二人とも黙って啜っていた。

一人で考えている間、草は一ノ瀬のことを忘れていた。彼も彼で、何か考えていた様子だった。

問題を直視し、今対処しなければ、将来に禍根を残す。

草は今日も店に立つ。試飲用のコーヒーを落としながら、死の床にある自身を想像する。恐ろしくないと言えば嘘になる。が、死は若い時よりはるかに優しく、身をゆだねるのは安らぎでさえある。死の門をくぐれば良一が待っている。目を閉じれば、あの子が微笑む。それでも、思うのだ。学のじつの母、の、もしかしたら、という小数点以下の可能性について。

湯気の中に、黒々とした瞳の幼い良一が浮かび、あるいは五十年もすれば、丹野になるのかもしれないという顔つきをして、しかし、沈黙している。

「教えてくれたらいいのに」

つぶやいたところで返事があるはずもない。

昼休み、草は事務所の机に向かった。

《丹野さんに　お待ちしていますとお伝えください》

名刺の裏にそのように書き、江子宛の小さな封筒に入れ、時間を置かずに出かけて森マンションの六〇一号室の郵便受けへ落とし込んだ。

その日の午後八時過ぎには、自宅の居間で、丹野と座卓を挟んで座っていた。

実行してみれば、たやすいことだった。雨がまた降っている。

草は夕食の洗い物を中断して、緑茶を出した。ここまでの会話は少なかった。挨拶を交わし、「学のじつの母」について経緯を聞かせてと頼み、わかりました、と返事を聞いただけだ。

あれきり丹野も黙っている。草は緑茶を一口啜った。

「見せたい証拠がまだあるなら、先に出してもらえませんか」

「いいえ、もうありません」

今夜の丹野は手ぶらだった。

草は仏壇下の棚から、鋲の入った手文庫を持ってきた。例の封筒を取り出し、「学のじつの母」と書かれた面を上にして座卓に置く。

「どなたの字?」

「養母のキクです」

「中の手紙は読みました? 透善宛の私の手紙」

丹野が返事をしない。つまり読んだのだろう。なのに、手紙を書いた当人は書いたことすら記憶になく、手にした今も読まずにしまい込んでいるのだった。まったく、と草は心の中でつぶやく。ふと見上げた壁に黒いしみがあり、見つめていると、すすっと動いた。蜘蛛だった。

「キクさんがあなたにどんな話をしたのか、全部聞かせてちょうだい。ここなら邪魔は入らないわ。ただ、できるだけ簡潔にお願いします。明日も早いので」

「あなたは――」

「何？」

どうしてこうも、理不尽な扱いを受けているような顔をするのだろう。草は丹野の態度に苛立ち、つい言葉を遮った。

いえ、と丹野がうつむく。

「良一は水路に落ちたけれど助かったんだよ。そういう言い方を養母はしました。この話を始めた時、私を良一と呼んだのです」

どの言葉も、草をいたぶる。水路へ滑り落ちる我が子の姿。水中の混乱と苦しさ。目を閉じた人形のような顔。その目がふいにカッと開く。迫りくる想像上の光景に、草は胸苦しくなった。想像とはいえ、どれも――助かる場面も含めて――長い歳月にわたって繰り返し思い浮かべたせいで記憶に等しい。だが、何食わぬ顔で耐えなければならなかった。

丹野は、脳裏に映し出される物語を眺める目つきで、淡々と話し続けている。

キクから聞いたところによると、水路に落ちた良一は助かったが、透善の新しい生活には問題だった。華奢で出産は無理そうだった後妻が妊娠し、良一をもてあます空気が屋敷内に蔓延していたからだ。後妻を用意した上で離婚させるという両親の意向に従った透善である。彼は考えた末、子供を流行り病で亡くした直後のキクを訪ね、一命をとりとめた良一を実子として育てるよう要請し、承諾するなら大金を渡すと約束したのだった。葬式もまともにあげられない経済状況のキクは、寂しさと困窮の中で非常識な申し出を承知した。だから、この学は良一なのだ。丹野は、そう主張する。

茶を啜る丹野を、草は見つめた。ないとは言い切れない話だった。

死亡届前なら、死んだ子を生きていると偽装することも可能だ。三歳児の顔を記憶している者は少ない。写真なども、今ほど普及していない時代だ。夫すら寄りつかない家であったとすれば、かえって本当の母と子として暮らしやすかったかもしれない。

それに、丹野はキクにまったく似ていなかった。キクは牛のように大柄で、二重の丸い目だったが、丹野はわりと細身、どちらかといえば切れ長な目をしている。透善の家系の外見に近い。しかも、草は良一の遺体を見ておらず、杉浦家の墓の中にはブリキの玩具が入っているに過ぎない。あの時は、人伝てに訃報を聞き、道端で小さな柩を見送った。離婚時に持って出たブリキの電車は、良一が気に入らなかった玩具だけに、その重みやひんやりとした感触が草を責め立てた。墓に納めたというのに、未だにあの感触が消えない。

丹野の説明以上に、それらの事実が草を揺さぶる。

だが、一方で、冷静に事を眺める草もいた。

座卓を挟んで対峙する老婆と壮年の男を眺めているのである。老婆は手の届かない過去と眼前の微かな希望に翻弄されつつあり、男は幾度となく反芻して身にしみ込ませてきた物語にますます自信を持つ。

草は瞳だけ動かして、壁を見上げた。蜘蛛がいない。

どこへ行ったのだろう、と思うと、首筋がすうっと寒くなった。エアコンの除湿機能のせいではなさそうだ。知らぬ間に、蜘蛛は座卓の裏、いや、もっと近いところ、着物の背中、あるいはやの字に締めた半幅帯の結び目を這っているのかもしれなかった。草は着崩れを直すような仕草で背中や帯の結び目をさりげなく払ってから、大島紬の膝に手を置いた。母のお古の袖に両手を入れる。

柱時計が繰り返し鳴り、九時を知らせた。

信じていただけますか、と丹野が顔を上げる。迫る表情は、いかにも切実だ。事情を知らない誰かがこの様子を見ていたとしたら、彼に同情するだろう。草は、そばで身を潜めている蜘蛛を思い浮かべた。

「あなたが披露する品は、私にとって証拠にはならない。あなたが話す経緯も、私にとっては物語でしかない。前にも言ったけれど、繰り返しても無駄だと思うわ」

「それなら、親子鑑定を」

親子鑑定、と草は鸚鵡返しに答えた。丹野がたたみかけてくる。

「DNA、つまり遺伝子の検査で親子かどうかの判定を――」

草は丹野の説明を聞いていなかった。親子鑑定の意味はわかっている。なんなの、と思った。なんなの、この自信たっぷりな態度は。もし親子鑑定をしたら嘘がばれるだけじゃないの？　違うの？

「お願いします」

動揺する自分を冷やかに見ている、もう一人の草が言う。

やあね、年寄り相手の詐欺は多いじゃないの。息子を騙って金銭を巻き上げる。点検をよそおって高額の機器を売りつける。親子鑑定を申し出たら、何ができると思う？

鑑定費用の横取り。鑑定結果の偽装による財産横領。感情に流されたら、相手の思う壺よ。

頭の痛い話に、草はこめかみを押さえた。本当に頭痛がする。

疲労やストレスで血圧が上がりますからね、というかかりつけ医の忠告がよぎる。

「あとは、親子鑑定だけということなんですね」

「はい」

「そうですか。でしたら、今夜はこれで。少し時間をくださいな」

草は丁寧な口調を使い、逆に相手を突っぱねた。

丹野はおとなしく引き下がり、玄関で茶色い革靴を履く。靴べらを手渡すというだけの親切が、今夜の草にはできなかった。会釈して玄関を出た丹野に、おやすみなさい、の一言も言えない。疑心が自身を狭量にするのも嫌だが、鷹揚にふるまって手ひどく騙されるのも真っ平だった。

しっかりしなよ、お母さん。

聞いたことがないはずの、大人びた良一の声がする。

道で携帯電話が鳴っていた。だんだん遠くなる。

草は玄関のガラス戸を途中まで閉め、あっ、と小さな声を発し、丹野のあとを追った。

今後は電話を使いたかったが、彼の連絡先を知らなかった。小蔵屋の裏手の道をゆく丹野の後ろ姿があった。雨はやんでいる。

「そこにいるはずです。その電話は服部（はっとり）の番号だ」

丹野が立ち止まった。電話中だ。

五、六メートル後ろに近づいた草に気づかない。草も足を止めた。

「私じゃない。何を聞いたか知りませんが、服部を問い質してください」

「代表として返済の意志はあります。だから、恵比寿のマンションも売った……ええ……それは当時も承知していました。ですが……」

抑えた声が、かえって感情的に聞こえた。

だが、丹野の感情が怒りか焦りか何なのか、草にはよくわからない。

「説明？　金は消え、書類も改竄されている。我が社の経理を握っていたのは服部です」

長襦袢の内側にじっとりと汗が滲む。

「生命保険でも全額はまかなえない……わかっています。はい、それは月末に返済を」

水たまりに、街灯の光が映って揺れている。大きな蚊のような、足の長い虫が水際でもがいていた。息絶え絶えの、ががんぼだった。

電話を切った丹野は、背を丸めて夜道に消えていった。

翌朝、ががんぼの身体はバラバラになり、水たまりに羽や足を浮かせていた。

草は日課で河原から三つ辻へと歩く。小さな祠や丘陵の観音像、地蔵に手を合わせると気持ちがずいぶん落ち着いた。歩きながらつく蝙蝠傘も、次第に軽快な調子になる。瀕死のががんぼの魔力がとけたのだと感じた。狡猾な蜘蛛だと思ったものは、実のところ、血も吸えない儚い虫に過ぎない。

丹野は自社が傾き金に困っている。経理の服部に裏切られ、罪をなすりつけられた。彼の言葉どおりなら、そういったところだった。追い詰められ、ふらっと神田の郷土料理屋よねざわを訪ねると、キクと縁のある名が次々飛び出し、北関東でそこその店を営む独居老女へと導かれる。神の情けかと思い、ためらいながらも、その手があったと詐欺の計画実行に及んだ。月末までの約三週間に、とりあえず用意したい額は数十万、数百万、あるいはそれ以上か。

「まったく、私は良一だなんて……。ま、今なら、気の迷いで済ませられるわね」

草は、やはりキクのことを考えてしまう。

キクの働きぶりは、苦労に裏打ちされていた。身の上話を聞いたわけではない。えんどう豆をさやから取り出すのに、わざわざ離れの縁側に笊を持ってきて座り、ほぼ一方通行のおしゃべりをして母屋へ帰っていった。抱いてきた良一を離れに寝かせ、代わりに座布団を丸めてねんねこ半纏にくるむと、また庭へ出ていった。キクのそんな素朴な、どちらかといえばそっけないほどの振る舞いが、疲れ果てた我が身に沁みるたびに自ずと感じたのだった。あんな人が育てた息子に、悪さをさせたくない。

雨のあがっているうちに、店を開け放ち、風を通す。

久実がバケツに向かって、勢いよく雑巾を絞る。

「いやあ、飲む飲む。ジョッキの生ビールが、グラスの水みたいというか、水でもあんなに飲めませんね」

宇佐木弟の話をしていた。昨夜、女友だち数人と行った串揚げ屋で見かけたという。

「食べるほうは？」

「竹の入れ物に、二、三本、串があったかなあ。でも、基本、ひたすら飲むだけですね。うちは串揚げ屋なんで、って大将がお酒の注文を断ったら、客に指図するのか、ってカウンター越しに胸ぐらつかんじゃって。公介がいたら、叩き出してましたよ。あれで、つけですからね」

「つけ？」

「金、ねえや」

と、久実が酔ったまねをして胸を張る。

「宇佐木眼科へ回してくれ。知ってるだろ、宇佐木眼科。死んだ親父もよく来てたんだからさ。って、あんなじゃ、お兄さんも大変ですよ」

「一軒で済むお酒でもないだろうしねえ」

先日、宇佐木兄から内緒にしてくれと頼まれたことを、草は話した。

「内緒もないですよね。すでに出入り禁止の店が何軒かあるそうなんです。実際、斜向かいの飲み屋で入店を断られてたし」

開店時刻の十時には、また雨が降り出した。

まだらに乾いていた駐車場が、一面に濡れて光り始める。

「もう梅雨ね」

草の独り言だったが、カウンター席の常連客が皺深い顔でうなずき、久実が注文のコーヒー豆を持ってきたついでに、今朝のニュースでは週末梅雨入りだとか言ってましたよ、と教える。

「テレビや新聞なんて、当てにならないさ」

常連客が面白いことのように言い、コーヒーを啜った。彼も戦争を体験した世代。終戦の年に市街地で空襲に遭ったと、以前言っていた。

草は、常連客と顔を見合わせて微笑んだ。

「ほんとですね。あの当時、こっちは負け戦だとひしひし感じているのに、威勢のいいニュースばかりでしたっけ」

「今も変わらないよ。大体さ、日本のテレビのあれ、ニュースかい？　天気、グルメ、芸能。肝心なことは、ろくに報道しやしない。御上(おかみ)に気を使ってるつもりかね」

一人きりの客は言いたい放題だ。この辺にしときましょ、の意味で、草は微笑む。

常連客が帰ってしばらくしてから、そういうことか、と久実がつぶやいた。客の途絶えた間に、草は結婚内祝いの包装を、久実はコーヒー豆の補充をしている。

「なあに？」

「いえ、公介が海外のニュースを読むのは、それでかな、と」

「ああ、ニュースの話。そりゃ、そのほうがいろいろと見えてくるでしょうね。さすが、公介さんだわ」

久実が自分のことのように照れ、ケースに残っていた少量の豆をビニール袋へ移す。

「戦争の時、ニュースが嘘だとわかっていても信じました？」

「嘘だとわかっているのに信じるの？」

「大丈夫だって自己暗示にかけるみたいな」

まさか、と草は首を横に振った。

「今でも、このニュースほんとかなって、頭の隅で思っちゃうくらいだわね」

「信じたふりをした人たちもいたわけですよね」

「そうね。本当に信じている人もいたし、信じたふりをしている人もいた」

久実が、ガラス戸越しに外を見た。しとしとと雨が降る中、店前の駐車場にクリーム色の軽自動車が一台入ってきた。

ラジオから流れる北欧の民族音楽が、どこか日本的で懐かしく聞こえる。

「信じたふりをしたほうが、楽だからね。あとで言い訳もできる。騙されたんだ、私は悪くない、って」

車は店の出入口に近い枠に停まったものの、客は電話をしており、まだ降りてこない。

「政治なんて誰がやっても同じだって思う?」

「実際、あんまり変わりませんよね。何回、選挙しても」

「投票に行く?」

行ったり行かなかったり、と久実がぺろっと舌を出す。

「結局、困った時にわかるのよ。自分に返ってくるって。医療、教育、福祉。それに報道規制。ま、実際には規制なんてかわいいもんじゃなくて、政府は堂々と嘘をつくし、新聞やなんかは政府の言いなりになってその嘘を垂れ流す。そんな勝手をさせないためにも、私は投票に行くの」

クリーム色の軽自動車から、花柄の傘が開いた。

久実が小さくうなずき、草はいらっしゃいませと、花柄の傘の客を迎えた。

日本の女が参政権を得たのは、第二次大戦後のこと。初めて投票したあと、一人前になった気がする、といい年の母が誇らしそうに言ったものだった。参政権を求めて活動する女たちに眉をひそめていたくせにと思い、娘としては鼻白んだ。そうしたことさえ、もうほとんど忘れかけていた。

草はやれやれと思う。日本が他国を侵略した末の大戦で、祖父母や親きょうだい、恋人、友人といった命をあれほど犠牲にした。長い歴史から見れば、つい昨日のことに過ぎない。現に、食料の配給に並び、米軍機の宣伝ビラを拾った自分自身がこうして生きている。自分たちが、いかに忘れっぽいかを思い知らされる。今の自衛のための武力でさえ、どの政権かが判断を誤れば、憲法を踏み越えて無辜（むこ）の人々に向かいかねない。いったん戦争に踏み込んだら、相手の見分けなどつかない。

日本への空襲が苛烈を極め、神仏に祈るしかなくなった時の、臓物が口から流れ出てきそうな深い絶望が、老いた心身に蘇ってくる。拝んでさえいれば幸せになるなんて、あの時代を忘れた者たちのたわごとだ。

結婚内祝いの最後の一箱を包み終え、そっとなでた。

結婚も、詩も、音楽も、一杯のコーヒーも、平和だからここにある。すべてを失い、焼け野原に呆然と立ち尽くしてから気づいたのでは、遅すぎる。

「あの、すみません。結婚式の引出物を探していて」

はい、と草は明るく応じ、戦争の記憶を振り払う。

客は、まだ十代かもしれないほど若く、チェック柄のワンピースがかわいらしい。必要な数は七個、そんなに予算はかけられないとすまなそうに言う。神社で挙式、レストランの個室で披露宴だそうだ。

こんな時ほど腕が鳴る。草はざっくばらんに予算額や参列者の年齢層などを聞き出し、値頃で見栄えのする数品と、華やかな包装を提案する。期待以上という表情の客はあれこれ迷った末に、黄色みの優しい灰釉（かいゆう）の八寸皿を選び、浅緑色の包装紙と金色の細いリボンを組み合わせた。リボンの硬さと細さを活かし、数本取りであわじ結びの水引ふうに仕上げることもできると伝えると、客の表情がいっそう輝く。

「来てよかったです。彼は、ここは高くて無理だって」

「そんな。お二人で見てから決められても結構ですよ」

「いいんです。任すよって言ったんですから」

早くも妻に一本といった雰囲気が微笑ましい。他の用事を済ませてから戻るという客を久実と見送り、草は包装に取りかかる。

「いい結婚式になりそうですね」

「そうね」

六月。小蔵屋では、こうした小さな結婚式の相談がまだまだ続く。

午後一時を過ぎ、銀行の窓口はすいていたが、貸し金庫のシステム故障により、草は待たされた。今日はめずらしく、よく晴れている。

紺色のポロシャツの男が、老母を支えて窓口へ向かう。何かを恐れるようにそろそろと進み、何度も立ち止まりかげんになる母親を、お母さんもうちょっとだ、と励ましては歩く。行員が見かねて最前列の長椅子を勧め、そこで手続きが始まった。定期預金を解約して一部は娘の口座へ送金、残りは自分の普通預金へ移したいと、老母本人がしっかりした口調で伝える。こちらは、との問いに、一番下なんですが長男です、と答えたのも老母のほうだった。息子は隣に座り、母親の背筋をさすっている。

老母を自分に、長男を良一に重ねた草は、さほどうらやましく感じない自分に安堵した。

長椅子に座っていると、食後の眠気が差し、うつらうつらするにはちょうどいい。貸し金庫の出入口にある「故障中」の貼り紙を見て帰ってしまう客を目にしたものの、こんな晴れ間はめずらしく、出直す気にもなれない。昼をともにした由紀乃の家では、今頃職人が来て庭木を刈り込んでいるはずだった。植木鋏の歯切れのよい音や、家の中にまで漂ってくる緑や土の香りを思うと、ますます眠くなる。

「杉浦さん、お待たせいたしました」

行員から貸し金庫の箱を用意すると言われ、案内に従い、カウンターの隅にある低めの衝立（ついたて）で仕切られた場所へ入った。本来は金融サービス相談のコーナーのため、左隣にも人がいる。衝立上部の石目模様のガラスに人影が映っている。

「――増額をお願い――」

「再度の審査が必要となり――私の一存では――」

左右の仕切りだけだから、聞く気がなくても、会話の一部が耳に入る。

「新しい担保に眼科の土地をですか。それだけは避けたいと――父の遺言で――」

「そうなりますと……少々お待ちいただけますか。上の者と相談いたしますので」

隣から中堅の行員が立ち上がり、難しい表情をして奥へと戻ってゆく。

草が貸し金庫の用を済ませて席を立っても、その行員は現れず、隣の区画には椅子に座って腕を組む宇佐木兄の姿があった。

宇佐木兄は、さらなる借り入れに苦労しているらしい。父の遺言と、放蕩(ほうとう)の弟との板挟みというところか。

草は表に出て、蝙蝠傘を広げた。日射しが強く、足元にくっきりと傘の影が落ちる。人ごととは思えなかった。親の遺したものを受け継いだという点で、宇佐木眼科も、もり寿司も、小蔵屋と変わらない。

その夜、草は夢を見た。

亡父と旅先でみやげを選んでいる。笹でくるんだ、餡入りの葛餅を探して――場所は不明だが、それがおいしいということになっている――草が店内をぐるり見渡すと、階段を数段上った売場に父がすでにおり、こっちだと手招きする。あそこにもここにもみやげをと父が持たせるものだから、草の両手は葛餅の包みでいっぱいになる。重いなあと思いつつも、鼻先に笹の葉のよい香りを感じる。なぜか、店には二人きり。何時なのか、外は薄暗い。

目覚めると、久し振りに父と会ったという満足と寂しさの中にいた。現実には、父と二人きりの旅は一度もなかったはずだ。だが、小蔵屋を担う毎日が、父との長い旅とも言える。

明るくなってくる障子に、父の面影が浮かび、草はたずねた。お迎え？　それとも何か別の意味？

今の草よりずっと若い、働き盛りの父は微笑む。

――そんな顔する間に、お客さんしなさい。

子供の頃に言われた言葉を、これも久し振りに思い出し、草は苦笑して布団から身を起こす。こう父が言えば、いらっしゃいしたら元気が出るよ、と母が付け加える。二人の役目が入れ代わることもある。いかにも、ぐずる子供をてきとうにあしらい、猫の手も借りたい雑貨店の猫の手にしてしまおうというやり口で、子供心にもむっとしたものだが、案外これが当たっていることに、後年になって気づかされた。

離婚しようと、子を亡くそうと、接客に集中すれば忘れていられ、客が笑顔になればうれしく、その時間の積み重ねが傷を癒す薬になった。

「さてと」

草は身支度を整え、いつもどおり河原から三つ辻をめぐる。

昨日に引き続き、晴れている。歩きながら深呼吸すると、胸の奥がしんと痛んだ。子供時分の泳いだあとみたいに。この懐かしい痛みを感じると、夏が来た、と思う。

由紀乃宅に立ち寄り、庭を覗いてみると、枝物が待っていた。長年来ている職人が、剪定して落とした枝のうち、いいものがあればバケツに水を入れて残していってくれる。声をかけるまでもなく、レースカーテンが開いた。

「おはよう。早くに悪いわね」

おはよう、電話しようと思っていたところなのよ、と多点杖をついた由紀乃が不自由な左手も使って掃き出し窓を開ける。窓が開いた途端、くぐもっていた声がはっきりと聞こえるようになった。前合わせのすとんとした綿のワンピースが、いかにもさっぱりした朝の庭にふさわしい。

「病葉のそれ、いいでしょう」

「ほんと。はっとするほどきれい。枝ぶりもいいし」

草はその枝を手にとり、朝日にかざした。

盛夏を待たずに終わる病葉は、曲がった枯れ木のような枝に一枚きり。赤く色づき、いくつかある虫食いの穴、その縁のわずかな緑や茶色も含めて味がある。

「青い葉と飾りたいわ」

いいわね、と応じた由紀乃が、ふいに首を伸ばして、視線を草の後方へ投げた。何、と草がたずねると、誰かいたような、と言ってから、気のせいね、と微笑む。草も身体ごと向き直って垣根の方を見てみたが、やはり誰もいない。

「じゃ、帰ったら、早速」

筒状の細長い信楽（しがらき）の花器に、ころんとした壺形の花をつけた青い蔓物（つるもの）を大胆に高く、その下に病葉の枝物を低く活ける。それは小蔵屋の和食器売場の壁際に、面白い空間を生んだ。花器の自然な土の赤み、意図的な歪（ゆが）みとひび割れに、命を終えようとする病葉が呼応し、生き生きとうねる蔓を育んでいるかのように映る。あるいは、生まれては土へ還る命の営みのようでもある。

別の一角には、三段の小引き出しを置き、引き出した中段と下段に錫（すず）製の箸置きと盃を、さらに脇へ高さのある片口を添える。楕円のテーブルの中央には、深い川の淵を思わせる緑色をした深鉢に、ワインの青い空瓶を寝かせ、割り氷に似たガラスを盛った。木と金属。和の器と洋のガラス瓶。一枚の病葉と茂る青葉の対比から、店のディスプレイができ上がってゆく。蒸し暑い晩の、冷たい酒がおともの夕食。定休日に身体を動かしていたら、いつの間にか、そんなテーマになっていた。

定休日のうちにディスプレイを変え、小蔵屋の新しい一週間がまた始まった。

「こんなお酒だったら、ああはならなかったかも」

出勤してきた久実が、錫製の酒器を眺めて言う。宇佐木弟のことだ。

草は、飲む原因は酒自体というより他にあると思っていたが、言うのを控える。今朝は、由紀乃の家へ立ち寄っても、森マンション前を通らなかった。もう丹野に会う必要はない。当然、親子鑑定の返事をする気もなかった。

「一ノ瀬さんの持ってきてくれたワインが役立ったわ」

「桜の頃だったのに、瓶がとってあったんですね」

「きれいだったから」

「公介、これ見たら喜びますよ」

地元FM局が正午には雨が降り出すと伝え、久実が陶製の傘立てを店先に出す。

キクがこの小蔵屋に来てくれたら、と草は夢想する。

息子たちのことは抜きにして、この店を見て、コーヒーを一杯味わってほしかった。あなたの助けでなんとか生かされたできそこないの嫁が、約半世紀を過ぎて、こうしてそこそこ無事に暮らしている。そう伝えたい。

「でも、好きなのかしら、コーヒー」

寺田のトラックが入ってきた。

草は開店前に飲もうと思って落としていたコーヒーを、三つの器に分ける。自分には二口ほどあればいい。トラックがガラス戸のそばへ横付けされた。

「おはようございます。おっ、いいにおい」

コーヒー好きの寺田が荷物を小脇に抱え、鼻をくんくんさせる。予報より早く降り出したらしく、開け放ってあるガラス戸の方から、雨の音とにおいが入ってくる。

「おはようございます。先に一杯どう？」

配達伝票に受け取りの押印をした草は、コーヒーをカウンターに出して勧めたが、寺田は残念そうに顔をしかめた。

「すみません、今日は忙しくて。集荷は？」

「今朝は倉庫にひと山あるの。久実ちゃん、お願い」

「はーい。明日午前必着のものがあるんですけど大丈夫ですよね、寺田さん」

千本格子の奥へ、久実が寺田と入っていく。

草がカウンターのコーヒーを下げようと手を伸ばすと、先に別の手が小振りなフリーカップへと伸びてきた。草は、びくっとして顔を上げた。

カウンターの向こうに、丹野が立っていた。なでつけてある髪に雨粒が光り、麻だろう青いシャツも肩の辺りが濡れている。

「おはようございます。いただきます」

自分に用意されたもののように、コーヒーを一口飲む。

「親子鑑定について、お返事を――」

「仕事中よ」

草は奥の二人が気になって話を遮ろうとしたが、丹野がしゃべり続ける。

「――伺いに来ました。約束でしたので」

そのうえ、丹野はカウンター席へ座り込んだ。

「ちょ、ちょっと」

「昨日マンションの近くでお見かけしたのに素通りだったので、約束をお忘れなのかと」

背筋がぞくっとし、草は身を固くした。誰かいたような、と垣根の方を見て言った由紀乃の姿が頭をよぎる。

「お忙しいのは承知しています。でも、時間をやり繰りして会いたい人には会える、会社勤めと違って融通がきく。そこが自営業のいいところです。働ける身内が一人増えれば、もっとゆとりができますよ」

丹野が微笑み、草をまっすぐに見つめてくる。定休日に友人に会っておきながら、親子鑑定についての返事はなしかと、柔和な表情をして老婆を責めていた。

台車に荷物を積載する音が聞こえ続けている。早く答えなければ、奥から事情を知らない久実と寺田が戻ってくる。これは、半ば脅しではないか。そう思った途端、草はかえって冷静になった。もう、この男には余裕がないのだ。

「返済に追われているのね」

丹野の顔から、すっと笑みが引いた。

「服部とかいう経理の部下に、寝首をかかれたの？　同情はするけれど、協力できそうにないわ」

丹野の目が泳ぐ。訪ねてきた晩の電話に思い至り、あれを聞かれたのかと推測したのだろう。なぜ知っているのかと、草に訊かない。

通路に台車の音が響き始めた。ゆっくりと慎重に押されてくる。

久実と寺田の談笑も、だんだん近くなってくる。そしたらスーツなんですよ、公介がスーツなんて出すわけないじゃないですか、だから違いますけどって言ったら、えーってことになって。なんだ、いいかげんなクリーニング屋だなあ。でしょう？　あとで連絡がくると思うんですけどね。

草は思わず、声のする方を見た。千本格子の引戸が開いたままになっている。

クリーニング店前を通りかかった久実が気を利かせて、一ノ瀬の代わりに仕上がったものを引き取ろうとしたところが目に浮かんだ。預かり伝票がなくても、氏名と電話番号を伝えれば受け取れる。久実の報告を受けてぎょっとする一ノ瀬の姿も見えるようだった。善意であろうと、悪意であろうと、いつか嘘は露呈する。

「あなたは」

丹野の声に、草は顔をもとへ戻した。丹野は立ち上がっていた。

「私が金のために、ここへ来たと？」

それ以外に何があるのだろう。往生際の悪さに、草はほとほと嫌気が差した。

だが、丹野は必死の形相だ。このうえなく傷ついたかのように、顔色を失っている。

「あなたを頼るなら、良一を殺した村岡透善をゆすりますよ！」

ゴゴ、ゴト。台車が千本格子の戸の金属レールを乗り越えた音がした。

聞かれた――草は首を回して、そちらを見た。
台車を停めた寺田と久実が目を見張っている。
丹野が小蔵屋を出てゆく。その姿は、トラックの向こうへ、すぐに消えてしまった。
強まる雨音。湿った風。沈黙。すべてが、草を責め立てる。

第四章　遥かな水音

コンクリートの庇から、雨が滴となっては落ちる。

彼の目には、光るものがあった。確かに——草は少しだけ窓を開けた。森マンションを訪ねたが、丹野のいた三〇一号室は数日のうちに空室となっていた。以前、窓辺に人影を見た、三階の角部屋だった。あの時、彼はここに立っていたのだ。

「荷物といっても、スーツケース一つでしたから」

江子の声が反響する。浴室にいるらしい。

「寝具は？」

「寝袋を持っていて」

「そう」

六〇一号室のインターホンを押し、丹野の部屋番号をたずねると、江子が案内してくれたのだった。

——急に行ってしまったんです。本当に、急に。

インターホン越しの彼女の声が耳に残っていた。なぜ、とたずねることを拒み、むしろ、どうしてなのか教えて、と問われそうだった。

江子が窓辺へ来て肩を並べる。

覚えのある香りが漂う。少し甘めの、それでいてスパイスのきいた、緑のような。横をみると、江子の手にはブランド物のオーデコロンだろう水色のガラス瓶があった。

「忘れものです」

彼女に残していったという気がして、草はそのように言ってみた。すると、江子はうつむき、どうでしょうか、と微笑んだ。寂しげな横顔を隠さない。

「新しい業務の事前調査って、何だったのかしら」

江子が草を見る。ここを週貸ししてもらうための理由は、嘘とも本当とも言える。彼女の眼差しから逃れて、草は外へ目を転じた。

窓の下には人が集まり、がやがやとにぎやかだ。もり寿司では、一時から食事付きの講演会が始まる。『心を磨くボランティア』とテーマが大きく印刷されたポスターには、例のハートマークもあった。どうぞ傘はこちらに、と忠大の大声がする。

「忠大さん、相変わらずね」

「月一、二回の約束で継続だ、これで安泰だって」

「あんな騒ぎがあったのに」

先方のグループはともかく、忠大自身も懲りた様子がない。

「何を見ているんでしょう。屋根も、床も、すっかり抜け落ちているのに」

中にさえ雨の降る家。そぼ濡れて立ちすくむ江子に、傘を差しかけるのは丹野。そんな光景を思い浮かべた草は、彼の何を見ていたのだろう、と自分自身に投げかけた。彼は、なぜ涙を浮かべていたのか。こうして江子といると、丹野の像が大きく揺らぐ。

「まあ、それでも家ですから」

江子は小さな命が宿る腹部を、ゆったりしたシャツブラウスの上からなで、オーデコロンの瓶を窓枠へ置いた。銀色をあしらった蓋、水色のすりガラス。凝ったデザインながら、全体は円柱状にまとまり、すっきりとした体型の丹野を彷彿とさせる。

私も昔、と草は心の中で江子に語りかける。私も昔、屋根も床も抜け落ちた家で、ずぶ濡れになっていた。修繕は無理だった。でも大丈夫。家はどこにでもある。本当に、どこにでもあるのよ。

けれど、声にできなかった。生まれくる子供から父親を遠ざけるような話は憚られた。

江子が電話をかける。

「やっぱりだめですね」

スピーカー状態に切り替えた携帯電話から、電波が届かないか電源を切っている旨の自動音声が流れてくる。草は安堵した。電話番号を教えてもらおうとも、電話をかけてほしいとも思っていなかった。なら、ここへ何しに来たのだろう。顔を合わせれば、続きを話せたかもしれない。けれど、こうなってみると、まるで丹野が去ったことを見定めにきたかのようだった。

宅配業者のバンがマンション前に停車した。江子が、うちだわ、と踵を返す。

「お帰りの時は、ドアの鍵を開けたままで。かまいませんから」

江子が先に部屋を出てゆき、草はオーデコロンの瓶とともに残された。

雨にしては、空が明るい。

白い空は、雨にけぶる街並みに溶け込んでいる。仮に、濡れ靴の跡があったにしても、それもわからなくなってしまった。追いかけることも難しい。あの涙は何だったのかと問うのも無理だ。

寺田と久実の心配にも、あれきりになっている。

――なんだ、どうしたんですか。

――今の、あの親切な人ですよね。ほんと、どうしちゃったんですか。

――何でもないの。

二人に対して過去を詳細に語った覚えはない。それでも、これまでの付き合いの中で見聞きした話を二人でつなぎ合わせ、かなり物騒な憶測をすることだろう。

――あなたを頼るなら、良一を殺した村岡透善をゆすりますよ！

良一は杉浦草の息子であり、仏壇にある遺影の小さな子だ。仮に、何者かが殺したにしても何十年も前の話になる。その当時幼児だっただろう五十過ぎの男がふいに現れ、今さら、ゆする云々と騒ぐのも奇妙すぎる。丹野の台詞の意味するところは、第三者からは想像もつかない。

——どうかしてる話なのよ。忘れてちょうだい。

あれを、二人が呑み込んでくれるだろうか。

草は部屋を出て、エレベーターのボタンを押した。静まり返っている三階に、エレベーターの降下する音が鈍く響く。扉が開き、草は息を呑んだ。手前に身重の江子がしゃがみ込み、その横に大きな段ボール箱が転がり、奥の壁際には宅配の配達員が腰を抜かしたように座り込んでいる。

「江子さん、どうしたの」

草は、江子に駆け寄った。江子の背後から身を乗り出してざっと見たが、出血や破水の様子はない。違うんです、違うんです、と江子の繰り返す声がする。言われていたのに、今まで耳に入っていなかったらしい。

「違うって?」

閉まろうとする扉に身体を挟まれ、草は痛い思いをして箱に乗り込んだ。エレベーターが下へ動き出す。江子が奥の配達員に触れようとした。が、触るな、と彼は怒鳴った。壁を背に座り込む彼の身体が、さらに不自然に左肩を落として沈んでゆく。

「ぎっくり腰なんだ……触らないで、お願い……します……」

怒鳴り声が、涙の懇願に変わってゆく。すでに二階。扉が開いている。礼服姿で背の高い痩身の老人が、ぎっくり腰は大変だなあ、私も何回かやったが、と言い、乗り込まないまま扉の向こうへ消えていく。再び、エレベーターは下降する。

「とにかく、エレベーターの外へ出さなくちゃ」

「そうですね。二人ならなんとか」

「だめよ。江子さんは、ボタンを押して扉を開けておいて」

「そんな。お一人じゃ無理ですよ。夫を呼んできます」

エレベーターが一階に着いた。扉が開くと、今度は宇佐木弟が立っていた。彼の提げているコンビニのレジ袋に、結露した缶ビールが貼りつき、数本透けて見えている。彼の後方にある階段から、二階の老人がのっそり下りてくる。手すりを持ち、長い手足を慎重に動かして一段一段下りる姿に、どことなく風格があり、目を引く。エレベーターの扉を押さえて中の異常さに驚く宇佐木弟から、草はレジ袋をむしり取った。

「手を貸して」

「なんだよ、救急車を呼べば――」

配達員が、救急車はやめてください、ぎっくりは慣れてますから、駅の向こうの整骨院へどうにか、と必死に言う。草は立ち上がり、宇佐木弟を見上げた。他の二人に聞こえないように迫る。

「助けて。車出して。今は素面(しらふ)なんでしょ」

二階の老人が向こうで手招きをする。呼んだタクシーが来たよ、使いなさい、こっちは義理で行く葬式だからどっちでもいいんだ、と少しもあわてた様子がない。

そのおっとりした口調と、命に別状はないという安堵とで、草は可笑しくなってしまい、痛がっている人がいるのだからと思うと余計にこらえられなくなってきた。見れば、宇佐木弟も、江子も笑いをこらえている。シオタです、と声がした。応援願います、ぎっくり腰で車放置です、という配達員の唸りながらの電話が、ようやく三人を真顔に戻した。

プシュッと音がした。

「そのビールが、これですか」

草が振り返ると、久実が冷蔵庫の前で宇佐木弟の缶ビールを開けていた。あげるから冷蔵庫のビールを出すようにと、草は言ったのだった。

「今飲むの？」

「いいえ」

久実が台所の床をきしませて流しに近づき、潔くビールを捨てる。

「あら、持って帰ればいいのに」

「飲むとむかつきそうなので」

昼間取り上げた缶ビールは、三百五十ミリリットル入りが三本。次々開栓され、排水口へ流れてゆく。むせるような酒のにおいに、草は水道水を出して換気扇を回した。

「願かけね」

「願かけ？」

「せめて、休憩時間に飲まなくなりますように」

「ネットで調べたら、薬があるらしいですけどね。お酒を飲むと気分が悪くなる、ジルなんとかだったかなあ」

久実が望み薄だと言いたげに肩をすくめ、水道の水を止めた。

草も透善の仲間がアルコール依存症だったため、治療方法等について気にとめてきたが、その話を続ける気になれず、紙の手提げ袋を差し出した。中には、山形産の桜桃とカルシウム入りのウエハースが一箱ずつ入っている。

「はい、こっちは江子さんから」

中を覗き込んだ久実が、さくらんぼだぁ、とうれしそうにする。

「ありがとうございます。ごちそうさまです」

「実家から送ってきたそうよ」

いずれも身重の娘を気遣った品だ。

「で、そのあとはどうなったんですか」

「さあ。さすがに整骨院まで送り届けたでしょ。どうにかこうにか彼の車に乗せたんだもの」

「じゃなくて、二階の人はお葬式に？」

「行った、行った」

久実が箱から何粒か桜桃を取り出し、流しの水で洗う。濡れ手の桜桃を差し出され、草は一粒取って口に入れた。しっかりした緑の軸の先に揺れる、赤い小さな実。噛むと、皮がぷちっと弾けるように破れ、甘酸っぱい果汁が広がる。

「これ、今年初めてです」

久実が東の方の壁へ向き直り、にっと笑う。

「私も」

草は久実にならう。実は先に一人で味見したのだったが、こうするのを忘れていた。初物を口にしたら東を向いて笑うという風習は、遠い昔に誰かから教えられ、また人へ教えてきたのだった。

「これで長生きできるんですよね？　あれ？　初物への感謝でしたっけ？」

「大体、そんな感じ」

一ノ瀬のクリーニングの件はどうなったのか、その後を草は知らなかった。

――あなたを頼るなら、良一を殺した村岡透善をゆすりますよ！

あれを思い出させるようなことを、たずねるわけにもいかない。

仕事仲間に裏切られ、事業に失敗した丹野から、居場所まで奪ってしまったような気がしつつ、草は種を手に出し、果肉を飲み下す。こうならなければ、桜桃を食べたのは丹野だったのかもしれなかった。

その夜、草は手文庫から、「学のじつの母」と書かれている例の古い封筒を取り出した。座卓に置いてしばらくその文字を眺め、中から女郎花（おみなえし）柄の封書を出してみた。表の封筒以上の黄ばみ具合が、長い年月を物語る。

自分が夫へ出した手紙だ。読んで悪いことはない。まして、丹野までが読んでいる。記憶から脱落した手紙なら、自分自身で読んでみるがいい。そんなふうに自分を促してみるが、開封してある手紙の便箋にまで手が伸びない。消印が示す結婚生活の終盤を思うと、嫌な予感がする。深酒。酒場の女。寡婦のような離れの日々。透善を責める理由に事欠かない時期だ。

携帯電話の音に、草はびくっとして我に返った。

茶簞笥の上で、携帯電話が光りながら鳴っている。いつもは茶簞笥の上に置いてある小引き出しを店のディスプレイに使ったものだから、中のこまごましたものが、携帯電話の脇にお盆にのせて積み上げてある。これといい、座卓の有り様といい、まるで今の中途半端さのようでため息が漏れた。

携帯電話の画面を見てみると、バクサンからだった。息子の寺田から何か聞いたのだろう。話したい気分ではなかったが、そもそも自分から相談したのだ。草は腹を決めて電話に出た。

夜分に申し訳ないと言ったあと、バクサンは続けた。

「あなたを頼るなら、良一を殺した村岡透善をゆすりますよ？　どういうことだ」

バクサンの話の早さに、草は噴き出してしまった。

「笑い事か」

憤慨しつつも笑いにつられそうなバクサンに、草はますます笑ってしまう。

「捨て台詞よ。もう荷物をまとめていなくなったわ」

そう口にすると、丹野が去ったことが当然の成り行きに思えてくる。

「捨て台詞にしては、具体的だな」

「バクサン相手に、嘘を言ったってしかたないじゃない。金銭目的で近づいてきたのねと指摘して、私がカッとさせたの」

「図星だから、やつは怒ったのさ」

それなら、と草は思う。それなら彼の目に光っていたものは何なのだろう。大の男が、涙ぐむなんて。あれをバクサンが目撃したなら、きっと別の可能性について考えをめぐらせたはず。

だが、草の口から出た言葉は、思いとは裏腹だった。

「もうこれでおしまい。お騒がせしました」

「そうか？」

「ええ」

「うん……なら、いいさ」

草が黙っていると、なあ、と呼びかけられた。

「村岡さんは、お元気なのか」

「さあ。存命かどうかも知らないわ」

短い沈黙が流れた。透善を信じ、敬い、ともに夢見た者は、それぞれに思うところがある。だが、口にはしない。

「運送屋には、変な話を真面目にとるなと言っておいた」

「ありがとう。そうそう、初之輔さんには内緒に」

「うん。だけど、電話すると、やけにうれしそうなんだ」

「それは、バクサンからだからよ」

ボーン、と柱時計が鳴り始めた。十時になっていた。

懐かしい音だなあ、とバクサンがしみじみと言う。正時の鐘を縫って話を続ける。ボーンと鳴るからには普段カチコチと音がするんだろう、気にならないか。ううん、ずっと聞いているから蟬の声みたいなもんね、聞こうと思うと聞こえる。おれはだめ。

「ねえ、カチコチって、時がゆく音？　くる音？」

「というより、過去と未来に揺れる音だな。今この瞬間は、それで成り立っている」

草は携帯電話を柱時計の方へ向けた。バクサンが懐かしがったほうの音に聞き入ってから、おやすみなさい、と電話を切る。

夢も見ずに眠った。久し振りの深い眠りだった。

結局、女郎花柄の封書を読まなかったことも、よかったように感じた。バクサンと話したあと、手文庫を仏壇にしまい、乱雑に見える茶簞笥の上に草木染めの布をかけると、妙に落ち着いたのだった。

午後には雨がやみ、客が増えてきた。

カウンターに試飲のコーヒーを出す草の背後で、ファクシミリが動き出した。ズズッ、ズッ、と機械が吐き出した紙を、久実が取ってざっと読む。

「来ましたね。今月の二十五日頃、出るそうです」

さきほど地元情報誌の編集部から連絡があり、過日の取材をまとめたゲラ刷りを送ってきたのだった。来月刊行号と聞いていた覚えがあり、草は首をひねった。

「都合で早まったと書いてあります。いいじゃありませんか。お中元の受付中だし」

「そうね」

草は首にかけている紐をたぐって懐から老眼鏡を取り出し、送付状とゲラ刷りの写しを受け取った。確かに、そのように書かれている。「みなさんのコメント」には「小蔵屋さんは、物を売るだけの店じゃない。」「あったかいけど、放っておいてもくれる。そこが好き。」「和服が自然でお似合い。あこがれる。」「会うだけで元気が出る。」「人生の大先輩。なんでも相談できる。」読み始めると、こそばゆいのを通り越し、別人の話のようで眉をひそめてしまった。ファクシミリの紙送りが悪かったのか、ページ全体の印字が斜めに傾き、いかにも内容にふさわしく映る。

ちょっとこれは持ち上げすぎ、と草が言った途端、久実に二枚の紙を取り上げられた。

「宣伝ですから」

「誇大広告」

「どこも違ってません」

「こんな、非の打ち所がない人みたいな」

「お客さんのコメントなんですから」

客の目もある。小声の応酬の末、草は久実に任せることにした。取材当日には、その約束自体を失念していた上に、取材方法について注文をつけてしまったし、実際、こうした小さな店は取り上げてもらえるとありがたい面も多い。

張り切った様子で千本格子の奥の事務所へ行った久実は、十分もすると出てきた。

「問題なかったので、オーケーですと連絡しておきました」

ご苦労さまと草が言い終わらないうちに、久実が誰かに向かって会釈した。

久実の視線をたどって草が身体ごと向き直ると、宇佐木兄が立っていた。今日も、寝不足の鳥のような顔、折り目正しいワイシャツとズボンは変わらない。

「いらっしゃいませ」

昨日はどうも、と宇佐木兄が頭を下げる。今日はお中元をお願いしたいと思いまして、と草に紙を渡してくる。パソコンできちんと整理した、送り主の宇佐木と送り先三十軒ほどの一覧だった。商品はあれを、と二千円台のコーヒーの詰め合わせを彼が腕を伸ばして指し示す。送料を入れて十万円弱。銀行で追加融資について交渉していた彼の姿を、草は思い出していた。

「どうぞ、こちらへ」

千本格子の引戸を抜け、窓のない通路で向かいあう。明かりがついているとはいえ、まっすぐ抜けた先にある自宅玄関のガラス戸の光が、やけに白く、遠く見える。

「昨日、弟さんは悪いことは何も」

宇佐木兄が首を横に振る。草は、何を聞いたのかと不思議に思った。

「あのですね、弟さんは助けたんです。ぎっくり腰で動けなくなった宅配の人を、整骨院まで連れて行ってくれたんですから」

宇佐木兄が、疲れた顔に笑みを浮かべる。目ばかりが大きく見える。

「弟さんがいてよかった、と二階の方に言われましてね」

「ああ、あの背の高いご老人」

「ええ。弟のやつも、助けてと小蔵屋さんに言われたからだと得意げな顔を。ああいう顔は……その……久し振りで」

宇佐木兄を前に、草は胸が詰まった。たかがその程度のことが、これほどうれしいのだ。その喜びを生み出す日常とは、一体どんなものなのだろう。気の毒であり、また腹立たしくもあった。宇佐木弟は、保護の必要な未成年ではない。

「弟さん、小蔵屋のばあさんがうるさいからだと言ったでしょう」

草の冗談めいた言葉に、宇佐木兄が困ったみたいに笑う。

草は中元用の一覧を返そうと差し出した。が、彼が受け取らないので、彼の手をとって直に握らせた。指の細い骨ばった手は、驚くほど冷たかった。

「お気遣いは要りません。あれは弟さんのことなんですから。そうでしょう?」

「でも……」

「もっと自分を大事に」

草は自宅玄関の方へと案内した。狭いが、彼の脇を抜けて前に立った。昼間でも照明が要る三和土の通路の先に、まぶしい光がある。その光を目指して黙って歩き、ガラス戸を開けた。久々に晴れた外はことのほか明るく、目が眩(くら)んだ。

店の方では、久実が新規の中元を用意しようと待っていた。

「熨斗(のし)は?」

「ごめん。御破算」

「え? 宇佐木さんは」

「帰ったわ」

草は売り上げを逃した理由もそこそこに、新しい客を迎える。久実の落胆も、草のやせ我慢も、忙しさにまぎれてゆく。

一段落して奥の事務所に入ると、とうに五時を過ぎていた。机の上に置いてある、新聞のおくやみ欄を、その下の黄色いチラシごと手にとる。草は店に戻り、久実に声をかけた。客足は落ち着いている。

「様子を見てと思ったけれど、出かけて大丈夫かしら」

「はい、大丈夫です」

「じゃ、今日はあとをよろしくお願いします」

草は一つ紋の地味な色無地と黒い帯に着替え、数珠を持って家を出る。森マンションの二階の老人ではないが、義理のある人の通夜があった。タクシーで市街地の端にある斎場へ行き、遅れて焼香の列に加わった。久し振りの顔と挨拶を交わす。

「履物屋さんもなくなって、うちの商店街は寂しくなりましたよ」

「でも、いくつか空き店舗が埋まったでしょう」

「二軒ばかり。全然、縁のなかった人ですがね」

草の他にもう一人、地味な着物姿の参列者がいた。時々履物屋で会った話し好きの人だった。年齢のわりに皺の少ない顔、真っ黒な短髪の鬘は相変わらず。草を見つけた途端、場に不釣り合いなほどの笑顔になり、見てとばかりにふくよかな足を一歩前に出した。

「最後に、かかとのゴムを付け替えてもらったの、この草履」

「私も」

草も片足を一歩前に出し、濃い鼠色の草履を見せる。

長年続いた履物屋は昨年秋に閉店し、面倒見のいい店主が先日他界した。

客を迎える時の笑顔そのものの遺影から、いらっしゃいませ、という歯切れのよい声が聞こえてくるようだ。草は、急に鼻をくすぐられたようにくしゃみが出て、思わず微

笑んだ。もう一人の着物の参列者がくしゃみをまねて、

「お手伝い」

と言った。二人でまた微笑む。

履物屋で客がくしゃみをすると、店主は必ずくしゃみをまねて、お手伝い、と言ったものだった。意味はわからないし、たずねたこともない。ただ、そうされると、風邪を引かなかったり、噂話がやんだりするような気分になったのだった。親同士が懇意でも一定の距離を保ち、人間味ある応対は常に変わらず、草にとっては秘かに見習っていた人の一人だった。

早々に斎場をあとにした草は、歩いて数分の商店街へ向かった。

両端に、街灯が等間隔にともり、石畳ふうの歩道が続いている。市内に数多くある商店街の中では小規模なほうだ。

木造の履物屋をガラス戸越しに覗くと、商品棚と、店主の座っていた奥の座敷を残し、がらんとしていた。お辞儀や立ち座りの時に膝に当てる、指先の丸いしっかりした手が思い出される。

草はハンドバッグから黄色いチラシを出した。

チラシの辺見（へんみ）探偵社は、二軒先に、金属板の簡素な看板を掲げていた。判子屋とわからないほど現代的に改装してあった建物をそのまま活かし、雰囲気は明るく、中が見えにくいように観葉植物や半透明の衝立が置いてある。

チラシが郵便受けに投げ込まれた昨日、新聞のおくやみ欄に履物屋の主人の名が載っていたのだった。草はハンドバッグからもう一枚、三つ折りの紙を出した。迷いながらも、何かに導かれているように感じ、丹野キクについて知り得る限りのことをまとめてきた。キクを捜し出し、直接会って事の真偽を聞くのが、最もすっきりするように思えたのだ。

「でも……」

盆の窪のお団子から小振りのべっ甲の櫛を抜いて白髪をなでつけてから、老眼の目を凝らして腕時計を見る。六時半をまわったものの、探偵社は煌々と明るい。だが、費用をかけたところでキクを捜し当てられるものかどうか、捜し当てたところで結局キクを傷つけることになるのではないか。考えるうちに、草は辺見探偵社をあとにしていた。こんばんは、と通りすがりの中年女性から声をかけられ、会釈して角を曲がる。商店街を外れてから、どうも時々小蔵屋を訪れる客なのだろうと思い至る。つい足が速まる。なんだか、探偵社はそこにあっても遠かった。

小さな十字路に、柘榴の赤い花が塀の向こうから咲いていた。高い木の中には、花びらを落として星型に萼を広げた小さな実もあった。草は歩をゆるめた。

めったに歩かない道を通りに向かってゆくと、右手の砂利敷きの土地に見覚えのある背の高い四輪駆動車があった。一ノ瀬の暮らす糸屋だった。奥に建つ木造の古い二階屋には橙色の明かりがともり、庭木や木製の柵が影絵のように浮かび上がっている。草が砂利を踏みしめて入っていくと、人影が縁側から腰を上げて立ち上がった。一ノ瀬がガラス戸を開け放って座っていたのだった。会社帰りの格好だが、ワイシャツの襟をゆるめて袖をめくり、足元だけ裸足にサンダル履きだ。こんばんは、と挨拶を交わす。

「早いのね」

「給料をろくにもらってないぶん、融通がきくんです。どうぞ」

その間に、一ノ瀬は琥珀色の酒が入った瓶やグラスなどを寄せ、草の座る場所を空けた。今し方まで客がいたのか、ウイスキーグラスが二つある。

「お通夜でね、そこまで来たの。そしたら、明かりがついていたから」

「履物屋さんだそうですね」

「ええ」

すでに久実から聞いたらしい。

腰を下ろす前にと、草は香典返しの入った紙袋からお清め用の塩を出した。すると、一ノ瀬はそれを取り上げ、紙袋へ戻してしまった。

「気にしませんから。それより、一杯いかがですか」

「強いんでしょう、それ」

「ええ。スコッチウイスキーです」

「じゃ、少しだけ」

一ノ瀬は片方のグラスを奥へ下げ、別のものを持ってきた。分厚い底に放射状のカットを施したウイスキーグラスへ、濃い色の酒が注がれる。ミックスナッツの入ったガラス鉢は乳白色で、気泡や歪みが面白い。どれも、糸屋に残されていた古い器だという。

グラスを軽く持ち上げて献杯のまねごとをしてから、草は少し口に含んだ。味はまろやか、華やかでふくよかな香りが鼻孔に抜ける。飲み下しても、ウイスキー特有の刺激をあまり感じなかった。腹に落ちた酒は、熱くふわっと広がり、内側から心身をゆるめてくれる。

「おいしい。なんていうお酒？」

「マッカランです。実家からくすねてきました」

「今夜、久実ちゃんは？」

一ノ瀬が、気楽そうに首を横に振る。グラスを持った手を太股に載せ、酒をゆらす。

鴨居に、ハンガーにかけた背広の上着がぶらさがっている。

「クリーニング店、大変だったみたいね」

「ええ。てきとうにごまかして、クリーニング屋を変えました」

「隠し事も楽じゃないわね」

「山の仲間が戻れと誘いにきましたが、この格好を見て帰りましたよ。スーツは雄弁です」

一ノ瀬が酒を飲み干し、注ぎ足す。一人が似合う。時折、誰も必要としていないようにさえ見える。それが、久実を思えば困ったことに、草自身とすればうらやましいほど正直に思えた。草がそのまま話すと、一ノ瀬は破顔した。

「デフォルトが、一人なんです」

パソコンでいう初期設定が一人なのだと、言い直す。

予め設定されている状態を意味するのだと、草もパソコンを多少使うからわかる。

「子供の頃から一人で屋根の上にいたり、祖父の書斎に入り浸ったり。忙しい家だから放っておかれた時間が長かったし、家族が集まると息苦しいからこっちが逃げ出す。今も変わらないのかもしれません」

「結婚には不向きね」

そういうこと言うかなあ、と一ノ瀬があきれたように上半身を引いて草を見る。だって本当だもの、と草は片眉を引き上げた。

「もしくは、一人になれる屋根と書斎が要る」

「屋根と書斎か。理想ですね」

「まあ、なるようになるわ。結婚に失敗したって、こうして生きてるもの」

「すごい励まし」

草は一ノ瀬と顔を見合わせ、微笑む。結婚話が前提となっている点に希望を感じた。向き不向きだけで言ったら、結婚に向いている人などそうそういるものではない。

草の空いたグラスに、一ノ瀬が酒を注ぐ。さっきの半分ほど、底の方へちょっとだけにしてもらう。

「久実が、物騒な話を気にしてましたよ」

「物騒？」

「殺すとか、ゆするとか」

「ああ、それね。忘れてもらうしかないわ」

草はハンドバッグから、辺見探偵社のチラシと丹野キクの情報をまとめてきた紙を出して渡した。話してもいいと思った。どうも酔っているらしい。

「本当にどうかしてる話なの。三つで亡くなった息子の良一が、嫁ぎ先の使用人で良一の乳母でもあったキクさんの子として育てられたっていうの。戸籍上、丹野学としてね。馬鹿げてるのよ。葬儀をしたし、村岡家の墓に埋葬したんだもの。ただね、丹野という男が真に迫った言い方をするから、キクさんを捜して訊くのが一番かと思ったりもして」

草の渡したものに目を通した一ノ瀬が、ご遺体に会いましたか、と問う。草は首を横に振った。透善の後妻の妊娠、良一をもてあます村岡家の空気、流行り病で息子を亡くしたキク、その悲嘆と困窮、異様な頼みと報酬、丹野学が持っていた数々の証拠品。話すうちに、一ノ瀬の客観的な意見も聞いてみたくなっていた。

「挙げ句に、親子鑑定をしたいって」

感心したように、一ノ瀬が唸る。丹野学が陥れられて事業に失敗、多額の借金を抱えていることを伝えると、もう一度唸った。

「それを指摘したら、あの捨て台詞だったわけ。涙まで浮かべてね」

「丹野学さんは、それきり？」

「いなくなったのよ。週単位で借りていた森マンションを引き払ったの」

一ノ瀬は首を揉み、再度チラシに目を落とす。

「キクさんを捜し出すしかなさそうですね。辺見さん、高いこと言ったでしょう」

「あら。知り合い？」

「飲み屋で時々。以前、内装のバイトで一緒だったんです。その前は警官」

一癖ある人物という口調だ。

やめておいてよかった、と草は思い、息をつく。

「探偵社には入れなかった。キクさんを傷つける可能性は大。踏ん切りがつかなくてね。お世話になったの。いい人なのよ。この件を別にして、もう一度会いたいくらい」

日が沈んだというのに、カラスが鳴いている。

「しゃべり過ぎたわ。ここだけの話にしてちょうだい」

ラーメン食べませんか、と一ノ瀬が立ち上がった。

一ノ瀬が案内した店は、町中から川の方へ下る坂道の途中にあった。若い夫婦が二人きりで営み、席は十席ほど。草は塩味、一ノ瀬は醬油味を頼む。澄んだスープはあっさり自然な旨味、細めの縮れ麺がからみ、箸が止まらない。一ノ瀬のチャーシューメンには麺が隠れるほどチャーシューが何枚ものっており、その一枚を草は譲られた。屋台に小さなテーブルを三つ足した程度の広さの店内は、油やニンニクの臭いがほとんどせず、着物でも気にならない。聞けば、餃子や炒めものがメニューになく、ラーメン専門だった。

「いいお店ね」

「ええ。次は、蛍です」

「蛍?」

•

店を出た一ノ瀬は先に立って坂を戻り、あまり知られていないと付け加えた。

そこは、通りから一筋下の道沿いだった。左は草地の上り斜面とせせらぎ、右には古い家屋が続く場所で、薄暗い中に水面が光る。

「あの辺に、よくいるんですけどね」

一ノ瀬が、小川に覆い被さって茂る低木を指差す。さらさらと水音が涼しい。耳を澄ますと、どこか遠い場所、薄れてしまった記憶の彼方から、遥々(はるばる)流れくるようにも聞こえる。草は金属製の柵に両手でつかまり、暗がりに目を凝らす。いつか見たきりの微かな光を、記憶と現実の中に探し求める。だが、一向に蛍らしきものは見えない。

「いないわね」

「いますよ」

一ノ瀬は、柵に腕をのせて上半身を預け、ゆっくり辺りを見回している。

「この数年、幼虫を放ってるんだ」

「その小学校の子たちが？」

「おれです」

「あら。そうなの？」

「昔はいたそうですよ。ここは湧き水がほとんどで、水質が比較的いいらしくて」

さすが高校時代に謎男（なぞお）と呼ばれていただけあると草が感心したところに、緑がかった小さな光が水辺をすべるように飛んでいった。こんもりした水草の島にくっつき、点滅している。

「いたわ」

草が蛍を指差すと、一ノ瀬もそちらを見て、おっ、とうれしそうな声を発した。一つ見つけると、それが合図だったかのように、一ノ瀬が言った低木の辺りにも、しだれ桜の枝の先にも蛍が現れた。向こうから懐中電灯がやって来る。小さな子を二人連れた母親が、みっちゃん蛍さんはこっちよ、お兄ちゃんあれがそうじゃないかな、と蛍を探して歩いていた。

「さて、行きましょうか」

「そうね」

草は一ノ瀬と歩きだし、蛍が見られる場所を明け渡した。角を曲がる時に背後から、いたー、と喜ぶ声がした。

「久実ちゃん、蛍の話はしてなかったけど」

「ラーメン屋までは来てます。いずれ見つけますよ」

「それまで内緒？」

一ノ瀬がズボンに手を突っ込み、ふっと笑う。蛍を見つける久実以上に、その時の久実を見る彼のほうが楽しいのかもしれない。別にそれが来年でも再来年でもいいみたいな素振りだった。

一ノ瀬が携帯電話で呼んでくれたタクシーで、草は家路についた。

街灯に照らされた銀杏並木を抜け、国道を横切り、長い橋を渡る。

小蔵屋の前の道にタクシーを停めてもらうと、運転手がチッと舌打ちし、しょうがねえなあ、と言った。

「何？」

草は態度の悪い運転手だと思ったが、運転手のほうは顎でしゃくって前方を示した。

「あんなところに寝てますよ。大トラだ」

草は丁度の小銭で支払い、ヘッドライトに照らされた道に目を凝らした。確かに、何メートルか先に、ふくらんだ腹の男が仰向けになっている。タクシーから下りてみると、宇佐木弟が小蔵屋の方を頭にして通せんぼするかのように道に横たわり、洋酒の瓶から透明な酒を直接あおっていた。

「お知り合い？」

「ええ。まあ……」

タクシーはさっさとバックして十字路で切り返し、来た道を戻ってゆく。

「まったく」

宇佐木弟の頭の方へ近づき、草は立ち止まった。草履の足で蹴り飛ばしてやろうかと思ったその時、むくんだ顔がこちらに向いた。乱れた髪の中から、とろんとした目が覗く。焦点は合わない。

「ビール、返せよ」

草は応じなかった。

「なあ、ビール返せよ、ババア!」

カチン、と硬い音がした。宇佐木弟の持つ酒瓶の底が、腹からアスファルトへ滑り落ちたのだった。草は道にしゃがみ込み、その酒瓶の口のほうを持って奪い取った。むくんだ手が抵抗を見せ、虚しく宙をかく。

「アル中の薬、ないの?」

「あるさ。酒を飲むと不快になる抗酒薬のジスルフィラム、シアナミド――」

意外にも、まともな返答が続く。

「まだ頭は確かなのね」

顔にたれかかる髪の間から、よどんだ目が鈍く光る。

「その偉そうな面(つら)が嫌なんだよ。なんだよ、その面……馬鹿にしやがって。医者がそんなに偉いか、ああ? おれが我慢したから、学費だって何だって足りたんだろ。なのに、偉そうに……指図ばっかりしやがって。病院も薬局も、おまえが作ったわけじゃねえだろーよ。半分は、おれのもんだ。違うか！」

いつの間にか、兄への暴言になっている。

「ねえ、他にもっと嫌いな人がいるでしょう」

草は努めて静かに問いかけた。

宇佐木弟は二重顎の肉を盛り上げてげっぷをしたが、返事をしない。

「酒を飲んでは、このざま。わかってるでしょ。あんたが一番嫌いなのは、あんたなの」

「うるせえ！」

「せめて、駐車場の中へ入りなさい。誰かに轢かせたいの？」

宇佐木弟がニヤッと笑い、両手足を広げて、大の字になった。死んでもかまわないらしい。

「あのね、死なれた者の身になってごらん。たとえ、どうにもならなかった事故だって、死なれたほうは自分を責める。どうにかできたかもしれない、別の道があったんじゃないかって、ずっと、ずうっと自分を責めるんだ。自分の命が尽きるまでね」

宇佐木弟は目を閉じ、まだへらへらしている。

言葉が胸まで届いたようには見えなかった。だが、草は彼の顔を見つめて語りかけた。

「いい人になりなさい」

乱れた髪を額の方からなでつけてやる。

「簡単でしょ。現状よりましならいいんだもの」

宇佐木弟は嫌がらず、目を閉じたまま、真顔になっていった。

取り上げた酒瓶には、まだ半分以上、酒が残っている。

「今からいい人になるのは、別に恥ずかしいことじゃない。もし恥ずかしいなら、恥をこらえていい人になることだね」

草は立ち上がった。

それから、宇佐木弟の顔に酒をぼとぼとと浴びせた。宇佐木弟が悪態をつき、一つ紋の左袖に手をかけた。袖ごと、ぐいっと身体が引かれる。負けるものかと踏ん張ると、ビリッと派手な音がして、片袖が身ごろから引きちぎれていった。かまわず離れ、酒瓶を店前の駐車場内へ倒して置く。宇佐木弟は酒を取り戻そうと這うにも足がもつれ、その間も、倒した瓶からは透明な酒が波打ってこぼれてゆく。

草はハンドバッグから家の鍵を出し、裏手の自宅の方へ回った。飲んだくれが残りの酒にありつくのかどうかを眺めているほど、余力はなかった。

翌朝、小蔵屋前の駐車場には、空の酒瓶と嘔吐物が残っていた。

草は酒瓶を捨て、嘔吐物をバケツの水で側溝へと流す。救急車やパトカーのサイレンを聞かずに済んだことを、目には見えない何ものかに感謝する。禁断症状、飲酒、自己嫌悪という堂々めぐりの地獄を思ってみたものの、それを断ち切るのは所詮本人だけだと割り切った。

白い空には、低いところに灰色の雲が浮かび、鳥が渡ってゆく。風は生ぬるい。

いつものリズムをつかもうと、草は努めてのんびりと傘を突いては歩く。

身体はだるく、一つ紋の袖を引っぱりあったせいで何枚か湿布薬を貼っているが、それでも歩くうちにほぐれてくる。

河原に着き、小さな祠と丘陵の観音像に手を合わせる。酒は、昨夜のマッカランを思えばうまく、宇佐木弟を思えば苦かった。信仰についても同様で、こうして一人静かに祈れば自分を律するための、あるいはどうにもならない時の最後の支えだが、あのハートマークのグループを思えば人を操る手段としか感じられない。

三つ辻の地蔵には、誰が供えたのか、青とピンクの縞の紙に包まれた飴玉らしきものと野の花が束で置かれていた。もう蟻がたかり、花束もくたびれていたが、草は明日片付けることにして手を合わせる。

ここに、いつ地蔵が置かれたのかはわからなかった。自分が生まれてからなのか、それとも、それ以前からここにあったのか。なぜ置かれたのかも、わからない。どれほどの人数が手を合わせたのかも。だが、そのわからないことを思う時、はっきりと浮かび上がってくるものがある。人々の思いや、ささやかな願いだ。その真摯な祈りは、少なくとも信じられる。誰もが与えられた生を歩み、似たり寄ったりの喜びや苦しみを抱えてこの世から去っていったのだと思えば、そっと力添えしてもらえそうだし、心強くもある。

ねえ、ぼくを見つける？

良一の寝顔によく似たかわいい顔が、ちょっと寂しげに語りかけてくる。

「そんな顔しないでよ。ほら、これ、ぼちぼち新しくしようかね」

草は地蔵に手を伸ばし、色褪せてきた赤い頭巾やよだれ掛けの埃を払う。

本当に、丹野学が良一だとしたら——接客中にも、ふと考えた。

もしそうならば、良一と一緒に、丘陵の喫茶店でバナナパフェを食べたのであり、ポンヌフアンでバクサンの料理を堪能したのだった。そうして結局、冷たく追い払ったことになる。

ねえ、ぼくを見つける？

とんでもないことをしたのではないか。ふいにわき上がる思いに襲われ、コーヒーを淹れる手や、倉庫へ行く足が止まる。

それは、日が経っても、おさまりはしなかった。

昔ながらの二つ折りになる衣桁(いこう)の端に、衣紋掛け(えもんか)に通した一つ紋の着物をかけたままにして、何日も過ぎていた。左袖がない一つ紋はバランスが悪く、やや傾く。それを立って眺める草の頭も少し傾いでしまう。

次に通夜へ行く時には、紋のない他の地味なものでいい。といっても、人にあげたり

処分したりして着物を減らしたから、ふさわしいものは二枚しか思い浮かばない。縫い目にそって一部裂けている身ごろに触れ、

「次は自分の番かもしれないけれど」

と、口に出してみる。老いに必要な覚悟を、自分に言い聞かせる。

振り返れば人生は長く、それから見れば、この先は瞬く間だ。あの時ああしていれば、と思うその時点に、今、立っているのかもしれない。

柱時計の振り子が、カチコチと迫る。過去と未来に振れる。

雨のあがった定休日。昼食も済み、これといった予定もない。

仏壇の小さな写真立ての中から、幼い良一が言う。

ぼくを見つける？

わからなかった。一体、自分はどうしたいのか。

草は仏壇下の棚を開け、鏤の入った手文庫を取り出した。自分が忘れ、丹野学が読んだ手紙の中に、何か——たとえば、答えに向かって後押ししてくれるようなもの——があるだろうか。

手文庫から、「学のじつの母」と書かれている封筒を座卓の上に出し、さらにその中から、線香花火を逆さにしたような女郎花の柄の封書を取り出す。結婚終盤の手紙の宛て先は、透善の女が働く店「星月夜」の気付になっている。透善が入り浸る店の一つで住み込み可能な星月夜に、女を別の店から転職させたのだった。新しい店と住まいに感

謝する女からの年賀状が、離れの文机の引き出しに入っていた。どう考えても女から妻への当てつけだが、透善はすでに隠すつもりがなかった。いずれ、帰ってもただいまを言わなくなる夫と、夫を待っていないことに気づく妻のことだ。当然かもしれない。

女郎花柄の封筒には、しっかりした厚みの便箋が入っていた。厚い用紙で、四つ折り。封筒より細くなっているからか、手にとると便箋だけのほうが重く感じられる。

草は一つ息を吐いてから、それを開いた。

縦罫の便箋には、文字がなかった。

一枚目のみならず、二枚目にも。三枚目の末尾には、かろうじて日付、署名、宛て名があり、それが他に何も書かれていないのは手違いではないのだと伝えていた。

顔が冷たくなってゆくのを、草は感じた。これを開いた時の透善の心境を、何十年も経った今になって味わっているのだ、とも思った。崩壊寸前の家庭にあって、何一つ書かれていない。母屋に取り上げられた子育て、ちらつく後妻候補の存在、深酒、女。透善を責めるだけでも、この便箋では足りないはず。それなのに一言もない。もはや、言うべき言葉もないということなのか。

いや、透善なら、ここに無数の言葉を見出すはずだ。夫への責めだけではない。戦中戦後の悲嘆と苦悩、多くの出会いと別れ、芸術の道を歩むという矜持(きょうじ)、芸術村の夢。自分を変え、追い詰めたものの数々を。

あの頃、妻だった自分が便箋を前に筆をとっても、同じ想像をしたのに違いなかった。

だとしたら、ずいぶんと非情な手紙だ。

草は三枚の便箋を座卓に並べてみた。

茶室だった離れの、庭に面した文机に座っている。筆を持つ手は若い。色づいた楓、苔むした庭石を前に、何か書いてはやめ、やめては何か書こうとし、どの文言も自分のありようとは乖離（かいり）しているように感じられ、組み立てようとするそばから崩れ落ちてゆく。いっそ、このままで送ったなら。受け取った透善は、これに何を見、何を読みとるのだろう。まっさらな便箋は、がらんとした、他に誰もいない離れにも似ている。

「なんだか……」

草は深いため息をついた。結婚に行き詰まり、疲弊して、相手にかける言葉も愛情も見失い、この手紙でさらに男を追い込む若い女の残酷さを見る思いがした。世界の色を明るくした出会い、このままの自分でいいという赦（ゆる）し、駅で待つよりも見送る時のほうがずっとこたえる一人。透善の存在に教えられた豊かさを、あの苦しかった当時には、おそらくほとんど思い出せずにいたのだろう。与えたものより、与えられたもののほうが、はるかに多かったことも。

この手紙は、変わり果てた自分を覆い隠す道具でもあったのだろうか。

結婚の終わり際、打ちひしがれた透善にどんな言葉や態度で接したのか、草は何も思い出せなかった。思い出せないのではなく、何一つしなかったのかもしれなかった。ともに歩み、走りすぎて、同様に疲れ、言葉を失い、相手に背を向けたのだったか。あるいは、透善より先に背を向けたのか。

考えるほど、かつての自分はあやふやになり、雨にけぶる人影のように朧（おぼろ）になってゆく。何が本当なのか、わからなくなるばかりだ。

ぼくを見つける？

あの子の声がする。

古い書簡も、聖書も、詩人の遺作も、力になってはくれない。ここでこうしていては、何も変わらない。

カチコチ、カチコチと振り子が揺れる。過去から未来へ、未来から過去へ。

気がつくと三時を過ぎていた。庭に落ちる草木の影が、だいぶ向きを変えている。

「ごめんください」

男の控えめな声が繰り返し聞こえた。

はい、と返事をした草は縁側へ出てみた。青いシャツの肩の辺りが、玄関の方に見えた。どちらさまですか、と声をかけると、宇佐木兄の顔が庭を覗いた。表情が明らかに曇っている。

何の用件か察しのついた草は、庭へ回るよう促し、縁側に正座した。

庭へ入った宇佐木は、沓脱ぎ石の向こうに立ったままでいようとしたが、草に強く促されてようやく縁側に腰かけた。膝には、平たい風呂敷包みを置いている。案の定、中から出されたのは、一つ紋の片袖だった。

「あの、これは杉浦さんの……」

縁側に広げられた片袖は広範囲に汚れ、身ごろ以上に縫い代の辺りが裂けていた。ここれでは縫い合わせて元に戻すわけにもいかない。草はあきれた。自分もほろ酔いだったとはいえ、ずいぶん派手にやったものだ。

「私のものです」

「やはりそうでしたか。申し訳ありません」

彼は、深々と頭を下げた。顔を上げると、お怪我は、と訊いてきた。

「いいえ。袖を引っぱりあったから、筋肉痛にはなりましたけど」

彼は草の笑みに応えて、なんとか微笑もうとしたようだったが、あまりうまくいかなかった。

「お怪我がなくてよかった。本当によかったです」

宇佐木弟が道路に寝ていたあの夜のことを、草は簡単に話した。

「まったく、なんとお詫びしたら……」

「こっちも飲んでましたから」

えっ、と宇佐木兄が驚く。老婆が酒を飲んでいたとは思わなかったようだ。

「まあ、荒っぽかったかしらね。取り上げたお酒を顔に浴びせて、その残りで駐車場の中へと誘い込みましたから。その前のビールなんて、返すどころか、とっくに捨ててしまったし」

ありがたいと思っています、と宇佐木兄がまた頭を下げる。お着物のほうは弁償させていただきますがどうしたら、と話は続いていたが、彼の顔からは次第に表情が消えていった。弟の部屋かどこかで着物の片袖を見つけ、肝を冷やし、本人に質すこともなく、ここへやって来たのだろう。草は腹が立ってきた。どうして本人ではなく、兄が頭を下げるのか。もう弁償はいいと断り、話題を変えた。

「一体、あんな飲み方をいつから？」

意外な質問だったのか、宇佐木兄はふっと身を引いて草を見た。瞳が上の方へ向き、行ったり来たりする。

「ここ一、二年でしょうか」

まだ瞳が動いている。

「はっきりとは……酒量が多かったのは知っていますが」

「専門の治療は？」

彼は首を横に振った。太股に腕を置き、足の間に向けて、がっくりと頭を垂れる。

草は、着物の片袖を押し返した。

「弟さんに自分で持ってくるように伝えてください。いいですか、これは弟さんのことなんですよ。違いますか」

彼は左に首を回し、草を見たが、その眼差しは冷やかだった。わかってないな。そういう目つきだ。宇佐木弟も以前、小蔵屋のカウンターに座って似たような目をしていた。

「もう近づかないほうが」

そこで一旦言葉を切った宇佐木兄は、

「私はニュースが見られなくなりました。酒が切れても、泥酔しても、危険……」

と、そこまで言って黙り込み、立ち上がった。口にしたことを後悔した様子だった。

草は彼の顔を見上げたが、続きの言葉はなかった。飲みたいのに酒がなくても、実際に飲んでも、荒れるのだろう。他人が思う以上に悪い状況にあり、家族は身の危険を感じることも少なくないのかもしれない。酒への依存が原因の暴行や殺人といった事件は、あとを絶たない。

だが、草も譲らず、片袖を彼に押しつけた。

「せめて、あった場所へ戻してください。自分が何をしたか、思い出させなくては」

しかたなさそうに、宇佐木兄は片袖を持ち、去っていった。

あった場所へ戻して、自分が何をしたかを思い出させる。

昼間に宇佐木兄へ向けて言ったことが、なぜか自分に返ってくる。米沢へ戻り、自分が何をしたか、何があったのかを知ればいい。本当にそのとおりかもしれない。

左の指先がチクッと痛んだ。針を動かすのをやめて、地蔵のための赤い頭巾を放すと、薬指の先に血が丸く盛り上がっていた。草は縫い物の手を休めた。夕食にと牛飯弁当を買って訪ねてきた一ノ瀬は、草には多かった分まで平らげ、ほうじ茶を啜っている。

座卓の端には、丹野キクに関する一枚ものの調査報告書が置いてある。連絡先の他に、独居と書き添えられていた。

「それにしても、簡単にわかるものなのね」

「辺見さんは警官だったから、伝がいろいろと」

「それも、無料だなんて」

「バイト時代の貸しがありますから」

湯呑み片手に、一ノ瀬が肩をすくめる。どれも一度した話だが、年寄りの繰り言と思うのか、律儀に答える。

キクに会うかどうか、草は決めかねていた。電話番号もそこに記されているが、電話で済む話ではない。だからといって出かけるとなれば、少なくとも一晩泊まり。仕入れでもないのに、店を久実に任せるか閉めるかする必要がある。大体、丹野学が良一かどうかを確かめるためには、丹野学の言動を伝えなければならないわけで、それが高い確率で先方へ酷な話になると思えば、気持ちが重くなるのだった。

草は素直にそう伝えた。すると、一ノ瀬は微笑んだ。

「行きましょう」

「行きましょう、って……」

「調べてみたら、日帰りも可能です。向こうでレンタカーを借りれば、楽ですよ」

でも、と草は話を遮ろうとしたが、一ノ瀬は、気分転換したいからちょうどいい、と続け、まるで乗り気なのだ。

「いいじゃないですか。会いたい人に会いに行く。どこまで話せるかは、その時次第」

ふらっとその辺にでも誘うような調子で、一ノ瀬が言う。

身軽で柔軟な若さがまぶしかった。そういう考え方もあるか、と草は一つ息を吐き、うなずいた。

柱時計が、ボーンと正時の鐘を打ち始める。

第五章　風ささやく

草は早朝の新幹線に乗り、大宮駅で乗り換え、北を目指した。

小蔵屋は定休日だが、平日の新幹線はビジネス客で混雑している。それでも福島駅を過ぎる頃には空席が目立つようになり、昼前には静かな米沢駅に立っていた。途中たっぷりと乗換時間をとっても、早いものだった。行こうと決心してから一週間。そこから考えても早すぎるほどだ。器の仕入れで仙台から山形市内へ、あるいは日本海側の旅で酒田や鶴岡へ立ち寄ったことなどはあったが、米沢には実に約半世紀、足を踏み入れていなかった。時間の経過を実感させられたのは、変貌をとげた町でも、隔世の感がある駅舎や列車の変化でもない。平野から次第に山迫るようになる眺め、あるいは単線の線路脇に生い茂る草木、橋梁（きょうりょう）から見下ろす渓流の薄浅葱（うすあさぎ）色、そういった変わらないものと、変わり果てた自身との開きに、時の流れを噛みしめたのだった。

移動時間の半分以上眠ったおかげで昨晩の寝不足が解消され、気分は悪くない。

「ああ、よく寝たなあ」

駅前で伸びをする一ノ瀬に、ほんと、と草は相槌を打つ。

傘が手放せない曇天だが、だいぶ明るくなってきた。空が広い。高層の建物がなく、駅前は紅雲町よりもさらに郊外の町を思わせる。

「一人で少し歩きたい。いい？」

「じゃ、あとで合流しましょうか」

レンタカーの営業所へ行く一ノ瀬と、待ち合わせ場所を決めてから別れた。

エメラルドグリーンのシャツ、濃い色のジーンズという軽装の一ノ瀬は、草の大きいほうの手提げを持って離れてゆく。

丹野キク宅には、二時過ぎに訪ねればよかった。昨晩、一ノ瀬が宅配業者の雰囲気で電話をし、生もののお届けものがあると言って在宅時間を確認したのだった。元気そうな応対だったという。

「生もの、か。ずいぶんなひねだけど」

草は拍子とりに蝙蝠傘を突き、最上川方面へ歩き出す。

駅前のだだっ広さは記憶のとおりだったものの、もう知らない町だ。

写真が手元になかったせいか、あるいは屋敷の離れにこもりがちだったせいか、脳裏をよぎるのは、ホームで見上げた木製の駅名標だったり、手拭いを被った農家の女たちや両側に雪を寄せた冬の道だったりする。橋の上は少し風が冷たい。ほつれてなびく白髪の向こうに、河川敷の豊富な緑が揺れる。川を覗き、こんなだったかな、と水量が少ないように思う。それでも、福島県との境にある西吾妻山から滔々と酒田まで流れ、日本海へと注ぐ大河には違いない。上流の山々は、遠く霞んでいる。

——ここに来ると最上川を思い出す。

紅雲町の橋の上でそう言った透善が彷彿とする。すべらかな首に上下する喉仏も。人目が気になるのに、気にならない振りをして、香良須川の広々とした河原や熟れた夕日を眺めた。戦後の食うや食わずの時代に、芸術にうつつを抜かす男と、普通が窮屈な女が惹かれあったのだった。

チリンとベルが鳴り、自転車が背後を通りすぎる。

蝙蝠傘を突きながら、草はまた歩き出す。

一人嫁ぎ先を出て泣きながら駅へ向かった道を、逆にたどっていた。知った顔も、自分を知る者も通らない。結婚に失敗したあの頃が、なぜか普段以上にぼやけていた。老いてコーヒー豆と和食器の店を営む今とは、かけ離れすぎている。知らない土地へ嫁ぎ、子を生し、その子を置いてきた自分は、本当にいたのか。米沢へ来ればもっと生々しく感じるものだと思っていたのに、こうしていると、まるで幻だったかのようだ。

橋を渡り、しばらく行って左へ折れる。堅実な藩主として知られる上杉鷹山ゆかりの城下町を、観光客のような顔をして歩く。瀟洒な造りの木造校舎、住宅の倉庫に覗く小型除雪機、板塀の屋敷。のどかな暮らしを思わせる現実の町をぶらつくうちに、いつしか過去に誘われ、記憶をさまよっていた。木材を組んで庭木を覆う頑丈な雪囲いを夫婦で眺めた晩秋。高熱の良一を抱えて走った夜。透善を捜して飲み屋をまわった暮れ時。

つい今し方かけ離れすぎていると感じたあの頃に、もう足が浸っている。遥か遠くから流れくるような水音に立ち止まる。道路下をくぐってゆく水路があり、きれいな水が流れていた。そういえば、この地方はいたるところに水路があるのだった。

「蛍……」

昔、蛍を透善と眺めた。いつだったか、誰かが屋敷の庭に放ち、良一もはしゃいでいたのではなかったか。しかし、思い出したはずの良一は大きすぎて辻褄が合わず、そう気付いた途端に、夫婦で蛍を眺めた記憶もあやふやになってゆく。この間の蛍が見せる幻想だよ、と冷静な声に諭される。

待ち合わせ場所にした、米沢織の資料館前へ着いた。

約束の間、草は一ノ瀬を待った。が、約束の時間まで何分かあり、思い立って館内へ入ってみた。紅花染めなど色鮮やかな織物製品を眺めて歩き、係の人に、昔この辺りに住んでいたという話をさりげなくしてから、そういえば村岡さんの大きなお屋敷がありましたね、どのあたりだったかしら、とたずねてみたものの、知らないという。すると、用があって入ってきた様子の、いかにも地元の人らしい高齢の男性が話に加わり、草の記憶に合致する道順を教えてくれた。

「村岡……確か、透善さんでしたか、お元気ですか」

うろ覚えを装う草に対し、さあ、と小首を傾げた男性が、皺に囲まれた目を細め、草の顔をじっと見る。何か思い出そうとするかのようだ。村岡家と親しい知人に訊いてみようと、親切に携帯電話を取り出す。草は丁重に礼を述べて断り、資料館を出た。人に透善の先妻などとわかるはずもないのに、胸がざわつく。

クラクションが軽く鳴った。

銀色のセダンが敷地内に停車し、運転席から一ノ瀬が降りた。

この辺をまわってきたと言い、

「村岡家はどちらなんですか」

と、たずねる。さきほどの草を見ていたかのような問いだ。

草は腕を上げ、一ノ瀬が来た方を指し示した。よかったら行ってみましょうか、と言われたが、首を横に振り、助手席に乗り込んだ。

「訪ねる気は毛頭ないの。さて、昼にしない？」

一ノ瀬が目星をつけた、物産センターにもなっている観光客向けのレストランは、ほどよくにぎわっていた。

草は長野辺りにいるような気楽さを感じ、ほっとした。郷土料理の膳がおいしく、小旅行気分を演出してくれる。財政再建を成した鷹山が食べられる垣根として推奨したウコギの、若芽を刻んでいれた玉子豆腐ようのもの。牛肉、里芋、ごぼうが入った汁物の芋煮。素朴で丁寧な味付けに、これほどおいしかったかと舌鼓を打つ。

「夕食には、米沢牛。専門店を予約してあるから」

「期待してます」

そう答えた一ノ瀬の傍らには、もうみやげの菓子が置いてあった。

「久実ちゃんに？」

「ええ。人からもらったことにして渡します」

一ノ瀬が、悪びれもせずに答える。今も県北の温泉旅館に住み込みで働き、余暇は登山を楽しみ、要請があれば山岳のパトロールや遭難救助に協力する生活をしていることになっているのだろう。嘘といえば嘘だが、彼女にあれこれ心配させないためだ。いずれ久実が本当のことを聞く日がくるかもしれない。草は想像してみる。その日、もう自分はこの世におらず、久実と一ノ瀬は歳を重ねてこんな旅先にいる。それは悪くない光景だった。それに、今日という日は一ノ瀬にとって、羽を伸ばす屋根の上でもあるのだから。

逃げているのかも――ふと、草は自分のことを思う。

ここまで来ておいて逃げているもなかったが、こうしていると米沢にいる実感がまた薄くなってしまい、過去が普段よりも遠く感じられてくる。確かなはずの記憶までぼやけてゆく。ここが自宅からもっと近場の長野辺りで、気分転換の小旅行に過ぎず、結婚の記憶は作りものだったらと、無意識に願っているのかもしれなかった。

「どうかしましたか」

一ノ瀬に問われ、草は我に返った。箸が止まっていた。

良一の死が本当でも嘘でも、恐いのよ。

草は本音を呑み込み、お酒がほしいくらいね、と思ってもないことを口にする。

レンタカーは上杉家廟所を過ぎ、田畑を背に住宅が並ぶ地域へ着いた。

その家は、すぐに見つかった。見つかったというより、目を引いた簡素な木造住宅に、丹野という表札がかかっていたというのが実際だ。

黄味がかった土壁の、小さな家だった。傾斜の大きな屋根に、大小の窓。庭から地続きの畑を裏手にそなえ、今ふうなのに住み手を選ばないぬくもりがある。腕のよい設計士だったのだろう。リュウノヒゲの緑とコンクリートが交互に並ぶ敷地に駐車した一ノ瀬が、いい家ですね、と言った。

雨がぱらつき始め、フロントガラスを点々と濡らしてゆく。

「とりあえず、玄関までご一緒します」

「ええ」

一ノ瀬より先に、草は車を降りた。一ノ瀬が身体をひねって後部座席から草の大きいほうの手提げを持ち、インターホンは押しますから、と言うものだから、お届けものだものね、と冗談を返す。口の渇きを感じ、咳払いする。

「あれま、こんにちは」

鼻にかかったやわらかい声に、草は顔を上げた。

筋肉のしっかりついた大柄な老女が、家の脇に立っていた。朱肉いらずの判子を、いま押さんばかりに持っている。裏の畑にいたのだろう。柄物のTシャツの首にタオルを巻き、スリッポンの靴や手に黒い土をつけている。二重の丸い目は記憶より小さく、ぱんぱんにふくらんでいたはずの頬はずいぶんとたるんだが、なでたくなるような広い額や、息の荒い獅子鼻に、はっきりと面影がある。

「お届けものの、生ものよ。わかります？」

自分を指差した草を、キクが上から下まで眺め、首を横に振る。

「村岡のところにいた草です。良一の母親の」

キクが、はっとした様子で口を開けた。声はない。それでも、見開かれたその目に拒絶の色は浮かばなかった。

「お久し振りです。急にごめんなさいね」

草は思わず微笑んだのだったが、語尾が震え、キクの顔がぼやけていった。胸がいっぱいで、あとの言葉が続かない。一ノ瀬に背を押されて玄関先の軒下に入ると、ざあっと雨音に包まれた。

やはり軒下に入ってきたキクは、まあ、まあまあ、と驚きの言葉を繰り返しながら、首のタオルを外し、草の白髪や紬の雨を払ったのだった。

しばらくして、雨音にエンジン音が混じった。車が出ていったようだ。電話をすれば、一ノ瀬が戻ってくる約束になっている。

すでに煮物の香りが漂っていた室内に、まな板と包丁の音がトン、トンと響く。緑茶と羊羹を出しても、まだキクは休まない。かまわないで、と何回頼んでも無駄だった。世話をやく人、やかれる人、何十年経っても変わらない関係に、草はくすりとする。

通された四畳半の和室は対角線に視界が抜けており、リビングの丸テーブルの向こうに、ちょっとした濡れ縁まであるのが見える。雨に打たれて庭木が光っている。

リビングに立てば、この和室、壁で仕切られていないキッチン、トイレ・浴室の引戸まで一階があらかた見渡せ、二階に物置がわりの小部屋があるというだけの家なのに、広く感じる。和室には、壁一面の本棚と、ベンチにもなる紅花色のベッドが備えつけられており、毎晩ベッド下の引き出し収納から寝具を出しては休むのだという。作り付けの本棚には、小中学生用の教科書の辺りに、「学」の墨書が額装して飾ってある。大判の壁掛けカレンダーを見れば、週二、三回清掃業や飲食店のパート仕事に出かけ、歯科と整形外科にも時々通い、キクが忙しい毎日を過ごしているとわかる。もっとも、草が村岡家を出たあと間もなく解雇され、二つ以上の仕事をこなした時期が長いというから、高齢といってもこの程度では忙しいうちに入らないのかもしれない。

「ほんとに、いいおうち。落ち着くわ」

「草さんこそ、ご立派で。コーヒー豆と和食器の専門店だなんて」

息子が建ててくれた、といった返事を草は期待していた。だが、何回水を向けても、丹野学に関する話にはならない。

「みんなに助けられて、なんとか続いているだけなのよ」

「いいえ。一ノ瀬さんは、そんなふうに言いませんでした。取材が来るような人気のお店なのですから」

和室の壁越しに会話をする。姿は見えないが、長年の空白を埋めるには悪くない。東京の言葉に、この地方独特の抑揚。透善に通じるところがあった。さきほど和菓子の詰め合わせと小蔵屋の贈答品を手渡して聞いた、おしょうしな、がこれまで唯一の方言だった。ありがとうの意味だと、昔、透善から教えられた。

草の手みやげを、キクはとても喜んだ。特に、青磁の器を含む小蔵屋の商品についてはその場で開封し、老眼鏡までかけてためつすがめつ眺めた。キッチンの棚には、ドリッパーやペーパーフィルターがあった。念のため大きな手提げに入れてきたコーヒーの器具を、草が出すまでもない。

和室の丸い座卓に、赤肉のメロンと煮物の鉢が加わった。ボート状のメロンは一口大に切り込みが入っており、牛肉とじゃがいもの煮物は照りよく甘辛いにおいを漂わせている。草はまだ昼が胃に残っていたが、一口ずつ小皿に取って味わった。心身がまいっていた頃にあれを食べろこれを食べろと世話をやかれたことがよぎったが、おいしい、という言葉一つに感謝を込めて、本題に入った。

「これが届いたの」

丸い座卓の隅に、初之輔経由で届いた手紙の束、そして丹野学が持参した古い聖書と例のほとんど白紙の封書を置いた。キクの荒い鼻息が、ぴたりとやんだ。

「これ、キクさんが村岡の家から持ち出してくれたんでしょう。いろいろ考えてみたけれど、ほとんど経緯がわからなくて。それで、どういうことか、どうしても聞いておきたかったの」

キクがエプロンを外して、静かにうなずく。獅子鼻がふくらみ、普段以上に息が荒くなった。

「火をつけようとされたのを、覚えていらっしゃいませんか」

「火？」

一言鸚鵡返しにしたものの、草は何も思い浮かばない。

「最初は透善さんが、次に草さんあなたが、その手紙や聖書に火をつけようとされました。夜、お庭の池のところでした」

夜の庭、池、手紙や聖書の山、マッチの火。思い描いてみるが、それは手応えがなく、空想としか感じられない。

「蛍が飛んだ晩です。大迫（おおさこ）先生がおみやげに持っていらした」

村岡家の庭園に、蛍が飛んだ晩があったのだ。記憶か何か定かでなかったものが幾分現実味を帯び、草の鼓動は速まった。大迫氏といえば、のちに透善の後妻となる女の実父だ。代々の資産家、政治家であり、娘を溺愛していた。以前から透善をあきらめきれずにいた娘のために、透善の喜びそうな蛍をみやげにすることなどたやすかっただろう。

「蛍のことは、なんとなく覚えているような気もするけれど……」

あとは全然記憶になく、草は首を横に振る。

「酔っていた透善さんは大変思い詰めた様子で、マッチの大箱を持って立っていました。でも、大迫先生が訪ねていらして、透善さんはお酒の席へ。それを遠くから見ていた草さんも、捨て置かれたマッチ箱を持った。それから、マッチ棒を一本取って――」

草は、また首を横に振るしかなかった。まったく思い出せない。

「良一坊ちゃんが高熱を出された夜のことです。私が坊ちゃんを抱いていって、草さんにお声をかけると、草さんはすぐにお医者まで坊ちゃんを抱いて走ったでしょう」

「あの晩？」

「はい。坊ちゃんのことしか覚えていませんか」

火のように熱くなった良一を抱えて走った記憶は、心身に刻まれていた。一晩様子を見ると言ったという村岡の両親など、信じようもなかった。実際、早い手当てが必要だったのだ。だが、同夜の他の出来事は記憶から完全に抜け落ちていた。

「手紙や聖書を燃やしてしまおうなんて……透善は過去をすべて忘れたくて、私も忘れてかまわないと思っていたってことかしら」

「ご夫婦のことは、私には」

「そりゃ、そうね」

「でも、これだけはわかります。草さんにとっては、良一坊ちゃんがすべて。他の方々にとっては違いました」

寂しいことだが、事実だ。戦後の農地改革で田畑をほとんど失い、一時米軍に接収された村岡家にも、それから当時の透善にとってさえ、別の希望が必要だった。

荒い息をしたキクの飾らない言葉は、確かな手応えをもって積み上がってゆく。

「ねえ、どうして、この聖書や手紙を取っておいたの？」

「翌朝も、お庭にそのままでしたから」

「ううん、そうじゃなくて。何の目的でってこと」

「目的……」

初めて考えたことみたいに、キクが首を傾げる。

「お手紙や聖書は大切にしたほうが。それに、いつかどなたかに必要になるかもしれませんし」

「どなたかって、誰に」

「透善さん、草さん……それから、お二人に必要でなくても、いつか坊ちゃんに」

「良一に……」

「ご両親のことを、知りたい日が来るかもしれません」

未来の良一は、ひとりぼっち。そんな言い方だった。私が透善と別れ、良一を置いて村岡家を出ると予感していたのかと、草はたずねた。キクは答えない。答えないが、それ以外に選択肢があったのかとでもいうように見つめ返してくる。

「出ていくように仕向けられていたのですから」

一瞬、雨音が消えたように感じた。

胸がすっと軽くなった。

夫との不仲が高じ、疎外感を感じすぎたのではないか。同じ状況下でも他の女なら、如才なく立ち回ったのではないか。そんな自責の念が、ずっと残っていた。もっと早く再会していたら楽になれたのに、と考えなくもなかった。が、それはないと思い直す。丹野学が現れなければ、キクを捜し出すわけもない。

今、会うべき時に会っている。この機会を逃してはならない。そう自覚した草は、女郎花（おみなえし）柄の封書の入った黄ばんだ封筒を裏返し、学のじつの母、の文字を指し示した。

「息子さんは、学さんよね」

はい、とキクは答えた。動じなかった。どうして学を知っているのだとたずねもしない。

「私は、学さんの実の母なの？　学さんが良一なのかしら」

キクが草をじっと見つめてから、大きく息を吐いた。

「申し訳ありません。全部、私の責任です」

草は、キクの短いとはいえない話に黙って耳を傾けた。

キクの亡夫、丹野均は村岡家に出入りする食料品店の配達係だった。貧農出身で学がなく、その両親も同様だった。生い立ちはキクも似たようなものだが、彼女のほうは勉強がしたかった。おれと一緒になれば学校へ行かせてやる、と言われ、結婚を承諾。それが嘘とわかった時には、幼子と放蕩者の夫を、自分一人の少ない稼ぎで養う生活に陥っていたのだった。

「あの男は、丈夫で馬鹿な女を探していただけでした」

キクは、漢字もろくに書けない不本意な毎日が続いた。娘の向学心を笑い、無学ゆえに不利な借財に泣いた父親を、見返す未来は遠くなる一方だった。夫はキクの有り金を奪って女と出奔、やがて中学生になった一人息子の学までが横道にそれてゆく。

「できる子なのに、急に無気力になって、悪い仲間とつるむようになりました。ある日、きれいで真面目そうな女の子がうちへ来て、あの子に貸してくれるというレコードを置いていきまして。私が預かったレコードを渡すと、あの子はひどい失敗でもしたみたいにうろたえて。それ以来です、学校をさぼって出歩くようになったのは。ある晩、遅く帰ったのを叱ったら、食ってかかってきましてね。何を期待してやがる。所詮、蛙の子は蛙。牛の子は牛なんだよ、と」

キクの微笑みに、草は逆の感情を読みとった。

「嘘が必要でした。私は、男の嘘を鵜呑みにして失敗しました。だから、息子には良い嘘、がんばれる嘘が必要だったのです」

事実、大きなお屋敷で芸術を愛する両親の元に生まれた男の子という物語は、学を学業の道へ戻し、支え続け、ある種の成功へと導いたのだった。

つまり、丹野学の語った生い立ちは、彼にとっては真実ということだ。

草は目眩がした。彼のすべての言動が裏返ってゆく。会社仲間に裏切られた頃、立ち寄った郷土料理屋よねざわで実の両親の名を聞く。運命に吸い寄せられるようにして話に加わる。実の母に会いたい。会えるものだろうか。亡くなったはずの息子が生きているとわかったら、どれほど驚くだろう。仕事も金も失いつつあると知ったら、どう思うのだろう。人生の谷間にある分、産みの母を慕う気持ちはふくらむ。だが、初之輔を通じて古い手紙を送っても反応はなく、紅雲町に滞在までして小蔵屋を訪ね、証拠持参で実母に会ったつもりが、ことごとく信じてもらえない。会社仲間には裏切られ、産みの母には拒絶された。まったく彼にすれば泣きたくもなる。

――あなたを頼るなら、良一を殺した村岡透善をゆすりますよ！

亡くなった幼い良一。生きてきた偽の良一。

二人のどちらを思っても、長い時が経っていた。関係が壊れ、子まで失った自分たちが、キクの息子を支えてきた。そう考えると、胸にあたたかいものがじんわりと広がっていく。真実は、恐れていたようなものではなかった。

作り付けの本棚には、小中学生用の教科書の他に、使い込まれた百科事典や文学全集、小説やエッセイ、美術、音楽、映画、欧米文化、経済にまつわるものなど様々な書籍があり、下段の隅には墨汁のボトルやフェルトの下敷きといった書道セットが置いてあった。

「子供の頃、学さんは勉強家だったのね。この額装の字も上手」

「いいえ、どれも私のものです。あの子が結婚する時に、恥ずかしい思いをさせちゃいけないと思って。今のところ、必要なかったですけど」

草はキクをまじまじと見、本棚を再度眺め、またキクを見つめた。努力の歳月に、言葉もなかった。表面が乾燥してひび割れていた赤い頬も、あかぎれをこさえていた手も、張りを失い、皺を刻んでいる。いずれ息子に恨まれる日が来ることなど承知の上だったのですよ、と全身が物語る。これがキクの愛情なのだ。

草は洗面所を借りた。堪えていた涙を一人になってこぼした。相変わらず、キクは牛のように大きく、たくましかった。

洗面所を出ると、流しにキクの後ろ姿があり、覚えのある香りが濃く漂っていた。少し甘めの、それでいてスパイスのきいた、緑のような。草は、その香りをもう一度深く吸い込んだ。気のせいではなかった。左にある玄関のモルタルには、入ってきたばかりの、濡れた大きな靴跡が光っている。それらしい靴は、片付けたらしく見当たらない。

草は脇にある階段を見上げた。二階から、ゴトッと微かな物音がした。

キクの家を辞し、あてもなく歩くうち、無人駅に着いた。

浅緑色の小さな駅舎には、なぜか囲碁将棋同好会が置かれていた。窓ガラスに黄色い文字でそのように表示された室内では数人が盤に向かっており、中から出てきた老人が通りすがりに何か言った。草は微笑んで会釈して、方言の難解さにしばらくしてから意味を呑み込んだ。雨が上がりましたね、電車はまだ当分来ないですよ、と声をかけてもらったらしかった。

――学には、本当のことを話します。

キクが誓って頭を下げたのだった。

ホームへ出てみる。誰もいない。線路の向こうには雑草が生い茂り、そのさらに向こうには田畑や家々があり、連なった山々が横たわる。右を見ても、左を見ても、似たような景色が線路の果てまで続く。腕時計を見ると五時を過ぎていた。雲に切れ間ができて明るく、風は最上川の上で感じたよりもさらに冷たい。

丹野学の帰る場所は、結局、キクのところだったということだろう。

キクは、学に会ったかとは一度もたずねなかった。おそらく知っていたから、たずねる必要がなかったのだ。打ちひしがれた息子のために煮物を作り、赤肉のメロンを買い、新鮮な野菜を用意していたのに違いない。

蝙蝠傘を握る手に、キクの手の力強さとぬくもりが残っているようだった。お互い元気でいましょうね、と誓いあった。あなたに助けられて今があるのだと、やっと伝えることができた。村岡家は土地をかなり手放したものの、墓所は今も菩提寺に隣接した私有地内にあり、門を開錠しなければ入れないらしい。透善の生死については、キクも知らなかった。墓参は今回も叶わず、つまり一生無理だろうが、これも定めなのだと、草は自分に言い聞かせる。

風がさわさわと緑を揺らし、線路をわたってゆく。

提げてきた荷物は、大半をキクに渡し、ずいぶんと軽くなっていた。

草は小さなほうの手提げから携帯電話を取り出し、一ノ瀬に電話をかけた。夕食の前に、もう一か所行きたい場所があると頼む。

しばらくすると、一ノ瀬が現れ、レンタカーを無人駅に横付けした。キクの家の近くにいたと言い、どうしてこんな場所にとは訊かない。

「いかがでしたか」

「来てよかったわ。本当に、よかった」

草は記憶を頼りに大まかな行先を伝え、道々、再会の報告をした。すべてはキクの嘘だった。大きなお屋敷の息子という物語が、横道にそれた学を育てるには必要だったのだ。そんな話に一ノ瀬は、おれなら母親を恨みますね、人生をいじりまわされたくない、と肩をすくめる。

「恨まれるなんて、何でもないことなのよ」

置いて出れば、家柄、両親、経済力、教育の揃った家庭で良一は育つ。身を裂く思いで決心した日の自分を、草は思っていた。

途中で花を買い求めた。

レンタカーは幹線道路を越えた。晴れてきて、昼間より明るいくらいだ。

「この辺りのはずだけれど……」

かつての田畑は消え、すっかり住宅地に変わっていた。一ノ瀬が車の速度を落とす。自転車が追い越してゆく。

助手席の草は前かがみになって辺りを見回し、水路を探した。

「目印は？」

「菩提寺と雑木林が、まっすぐ遠くに見えるところで。でも、こう家ばかりじゃ、全然向こうが見えない……あっ、停めて」

一ノ瀬は車を停め、草の言う位置に少しバックさせた。

アパートと古い住宅の間に、草は目を凝らす。うっすら緑の細長い敷地があり、その低い生垣のずうっと先に、記憶に似た光景があった。雑木林は思ったほど樹木がなかったが、寺の屋根の見え具合に覚えがある。

思い違いでなければ、この辺りのはずだった。道端で葬列を見送った当時、男の子が見つかったのはどこですかとたずね歩き、たどりついた場所だ。

一ノ瀬が、助手席の窓へ顔を寄せてくる。

「あれですか」

「たぶん。ほら、あの雑木林の向こうに村岡の屋敷があると思うの」

草は路肩に停めた車から降りてみたものの、辺りにはコンクリートの蓋をした側溝ばかりで、水路らしきものはなかった。草は道ゆく人たちに、この辺に昔からの水路はありませんか、とたずねてみたが、あっちの方じゃないかと見当違いの場所を教えられたり、知らないと言われたりと、芳しい答えは得られなかった。

中学生だろう制服の少年たちが、じゃれあいながら通りすぎてゆく。

一ノ瀬が、草の隣に並んだ。

草は雑木林の方を見ていた。良一を呑み込んだ水を思った。水路の水は最上川へ、さらに日本海へ、そうして雲になり、またこの大地へ降りそそぎ、それを何度繰り返してきたのだろう。あの子はどこに？　村岡家の墓にあるのは骨に過ぎない。あの子の魂も、家に帰ろうとして、心から待っている人の家がどこなのかわからなくて、それでも帰ろうとして、果てしない旅を繰り返しているのだとしたら。

「遠いわね」

「ここなんでしょう？」

「あの子も、迷ってなきゃいいけど」

菩提寺のものかもしれない暮六つの鐘が、風にのって微かに聞こえた。

米沢での短く濃い一日は過ぎ、また小蔵屋での日常が始まった。

「あら、こんなところに……」

草は店の軒下でかがみ込んだ。ピンクと薄紫の花束が落ちていた。スプレー菊とトルコ桔梗だ。

「誰かがその辺で拾って、ここに置いたのかしらね」

朝日の中、店前の駐車場から周囲の家々を眺め、良一が発見された水路があった辺りもこんなふうになっていたっけ、と思い返す。水路のありかは結局わからなかった。米沢で買い求めた花は、持ち帰って仏壇に供えた。遺影の良一が、いつもより微笑んでいるように見えた。

疲れが残り、河原まで歩くのを控えたが、気分はどこかすっきりしている。

落とし物と書いた付箋を花束に貼り、花瓶に挿してカウンターの隅に出しておく。

「突然だったわね。もり寿司」

カウンターの客同士の話に、草は流しから顔を上げた。

それまで聞くともなく聞いていた会話から、貼り紙一枚で突然やめたという店がもり寿司であることが呑み込めた。

昼に由紀乃を訪ね、もり寿司の閉店を伝えた。米沢へ行ったことは黙っていた。話すなら、丹野学が自分は良一だと主張していたところから始めなければならない。いつか話すにしても、気持ちの整理を含めて、もう少し時間がほしかった。

「今、前を通ってきたら、本当に閉店のお知らせの貼り紙がしてあったわ。表に車があって、中で物音はしたけれど、片付けかしらね」

「いずれにしても大変だわ」

由紀乃が同情する。あの状態の店を続けるにしても、やめて収入源を失うにしても、確かに大変な話だ。草はうなずき、粕漬けの鮭や黒豆ご飯などを詰めてきた小振りの二段重を広げる。

帰りに、もう一度、もり寿司の前を通ってみた。

身重の江子を心配してのことだったが、やはり彼女の姿はなく、二人の男がそれぞれの車の後部にもたれ、道の方を向いてうつむきかげんで話し込んでいた。草の他に通る人も、行き交う車もない。もり寿司が閉まり、この道はますます寂しくなった。

「ま、いつかなって感じだったし」

「そうだな」

煙草をくわえた向こう側の男が、相槌を打つ。手前の男より、かなり年上だ。

「井上（いのうえ）も、前から来いって言ってたし」

「スーパーをやってる友だちがいて、よかったじゃないか」

「けど、これって違法じゃないですか」

「そう言うな。判をついたんだ。向こう三か月分の給料と退職金。奥さんとしたって精一杯……」

煙草を吸っているほうは、七十前後だろうか。道端で足を止めていた草に気づき、咳払いした。草はまた歩きだし、傘の影を踏みつつ通りすぎる。

青空も束の間だった。

夕方には風が強まり、大粒の雨が小蔵屋のガラス戸を叩き始めた。

客は次々帰り、一人もいなくなった。草は久実と二人でコーヒーを啜り、個包装のチョコレートをつまむ。

「洗車機の中みたいですね」

「おかげで、ガラス戸がきれいになるわ」

水が流れるような雨音に、蛍がちらつく。

それは、村岡家の庭に放たれたおぼろげな記憶の蛍でもあり、先日一ノ瀬と見た蛍でもあった。山形へ行った件を、自ら久実に話す気はなかった。

その前の、糸屋を訪ねたことも伝えていない。いつか久実が自力で見つける日のために、ラーメン屋近くの蛍を内緒にしておくとすると、あの晩の他の話もできない。久実からも、その夜の話は出ていない。一ノ瀬から何も聞いていないのだろう。

日没まではまだ間があるのに、外はすっかり暗い。

ヘッドライトが店に向かって近づき、一台の車が店のすぐ前に停まった。

ポンチョふうのレインコートを着て、フードを被った客が、雨水を滴らせて入ってきた。フードを外して現れた顔は、江子だった。びしょびしょにしちゃって、と店の三和土を気にする彼女から、久実がレインコートを脱がせて預かる。

「奥にかけておきますね。倉庫の整理をしてきます」

もう久実も、もり寿司が閉店したことを知っている。

よろしくね、と草は久実に声をかけ、江子にカウンター席を勧めた。新しくコーヒーを淹れる。

「閉店したのね」

「はい。従業員が二人とも辞めてしまって。うちにあきれたんだと思います」

自主的に従業員が辞めたかのように、江子が言った。だが、彼らの話によれば、江子から退職してくれるよう頼み、今後もめないよう書類を整えたのだ。書類上は、誰が見ても自主退職なのだろう。

「忠大さんは納得したの?」

「二人がどうしても辞めると言うならしかたがない、と」

金の工面について、草は考えた。向こう三か月分の給料と退職金を二人分となると馬鹿にならない。自主退職を装うなら、少なくとも一部は夫にわからないように用意する必要がある。となると、彼女が頼ったのは実家だろうか。昨日今日の思いつきで、できることではなかった。熟慮し、それなりの時間をかけて準備してきたと思われる。

雨の日は香りが強く感じられる。コーヒーに負けないくらい、丹野の残していったオーデコロンが江子から香る。今も、あの空き部屋に置いたままなのだろうか。

草は後ろの作り付けの棚から、あのオーデコロンのガラス瓶に似た、水色の釉薬のフリーカップを選び、コーヒーを出した。

「ご報告をと思っただけなのに、コーヒーまで。すみません」

「こんなお天気だもの。今、私たちも休憩してたところなの」

「そうだ。小蔵屋オリジナルブレンドを挽いてください」

「気を遣わないで」

「いえ、実家へ帰るのでおみやげに」

「そう。毎度ありがとうございます。ご実家で出産？」

「もう私の部屋はありませんし、病院がこちらなので。実は私、今あの三階の部屋にいるんです」

夫との冷却期間を置いたのだ。

江子は両手で水色のフリーカップを持ち、肘をついて、宙を見上げていた。

「子供なんて、ほしくなかった」

正直な気持ちなのだろう。喉のゆるんだ声音が、草の胸の奥深いところを打った。

「でも、産むのね」

「自分でも不思議です。ある日、超音波の白黒写真が宇宙に見えたんです。堕ろすつもりで行った病院でした。バッグからハンカチを出したら、写真が床に落ちて。写真のこの子は、まだ空豆みたいに小さくて、星雲の未熟な星みたいだった。妊娠を隠して、堕ろすかどうか迷って、眠れなくて、夜空ばかり眺めていたからかもしれませんけど、それだけじゃなくて、何かが私に訴えてくる感じが強くして。ああ、これは私の子でも、忠大の子でもないな。遠くから来た命なんだ。こう感じたら、もう産むしかなくなって」

「誰の子でもなく、遠くから来た命……」

変な宗教じゃありませんよ、と江子が微笑む。草も微笑み返す。

「命って、私たちが思うより、もっと自由なのかもしれないわね」

草はコーヒーに個包装のチョコレートを添えてから、注文のコーヒー豆を挽いておく。グラインダーの音に、胎児が聞くといわれる羊水のザーザーという音を重ね、星雲に誕生する小さな星を思い描いた。命の内包する宇宙が、草の心をふっと軽くする。魂だけとなったあの子は自由になり、遠くにも、近くにもいる――良一のいる大きな世界を思い、子をつなぎ止めようとする力を抜くと、自分自身が楽になってゆく。

「あの、ぎっくり腰の人はどうしたかしら」

この前のドタバタが思い浮かび、二人でくすっと笑う。

「まだ、別の人が配達に来ています」

「かなり痛そうだったものね。ところで、あの二階のご老人、味があるわね」

「左門さん」

「名字まで風格があるのねえ。ほら、似てない？　なんて言ったかしら、えーと、俳優の、映画の和尚さん役で有名な、名前までお坊さんみたいな……」

草が思い出そうと額をぺちぺちと手のひらで叩いている間に、江子が難なく俳優の名を言い当て、似てますね、と笑う。

「もてるみたいです。今は独身ですけど、南米系の奥さんの前は、中国系の人でした」

「なるほどね。二度結婚を」

「どうでしょう。その前もしていたかも。私は、ちょっとフランス人みたいだなと思っていたんです。チャーミングだし、さらっとした色気も――」

左門という二階の住人について、江子が愉快そうに話し続ける。いつになく饒舌だ。

彼女は嘘をついている。

現実を直視できない夫に代わり、商いに見切りをつけたのだ。

帰るという彼女を待たせ、草は奥の自宅から、駅にほど近いマンションのパンフレットを持ってきて手渡した。ほとんど人には話さないが、最晩年のために小さな部屋を用意してあり、現在は賃貸に出している。老後の準備をしていた頃、不景気で格安になっていた物件だった。自宅があるし、家賃収入は購入に使った預金の穴埋めに過ぎない。にもかかわらず買ったのには、それなりの理由がある。

「二度しか入ったことがないから他人のものみたいで、普段は忘れてるくらいなの」

表紙にある平凡な外観の写真を眺めていた江子が、パンフレットをめくって間取りを見てから顔を上げた。

「ありがとうございます。でも、今の私には、お家賃が払えません。せっかくのご厚意なのに、すみません」

見当違いな返答に、草は微笑む。

雨は一晩中降り続き、朝方やんで、開店三十分前には薄日が差してきた。

草は事務所の日めくりを勢いよく剝いだ。店の固定電話が鳴り、営業時間を案内するメッセージが流れ、必要な方は伝言を、と促す。ピーという発信音のあとに、

「やっぱり営業してないわ」

「そうよね」

と、女同士の会話が聞こえて、電話が切れた。

草は通じていない電話に向かって言ってみる。

「まだ十時前ですってば」

このところ、今日は営業していますか、営業時間は、といった問い合わせが少なくなかった。

「久実ちゃんの言うとおり、あの情報誌のおかげかしらね」

草は奥の事務所から店へ戻ったものの、久実に声をかけ損なった。久実がこちらに背を向けてカウンター脇に立ち、よれた紙切れを凝視している。出勤時から言葉数が少なく、どうも様子がおかしかった。背後からそっと覗くと、クリーニング店の預かり伝票が見えた。草は、首にかけている紐をたぐって老眼鏡を取り出し、そっとかけた。イチノセコウスケ様、スーツ上下、ワイシャツ、とある。伝票の仕上がり予定日は四日前。ということは、一ノ瀬が都合で替えた先のクリーニング店の伝票だ。

「隠れて何やってるのか、わかりませんよね」

久実は気付いていた。後ろの草にも、一ノ瀬の隠し事にも。

「それ、どこにあったの」

「レジ袋です。ポテトチップやサイダーと一緒になってました。車のごみ箱がわりのレジ袋と勘違いしたんでしょうね」

久実にどう考えているかを訊くまでもない。あの一ノ瀬がスーツ姿で通うところといえば、一ノ瀬食品工業だと察しはつく。

草が老眼鏡を外す間もなく、寺田のトラックが入ってきた。また小雨模様になっている。つかつかと入ってきた寺田が、おはようございます、と挨拶しつつ、カウンターの端へ飛びつくようにして、そこに数冊あった地元情報誌の一冊を開いた。

「どうしたの、何？」

「いやー、これだ、これ」

寺田の開いた小蔵屋の掲載ページを、草も覗き込む。寺田の指先は草の写真にとまり、さらに、その下の細かい文字へと行き着いた。

「厄落しだね」

「だから、何」

「お草さん、ご冥福をお祈りされてます」

「は？」

二人の間に頭から割って入ってきた久実が、草より先に寺田の指先の文字を読み、うわーやだやだやだ、嘘だぁ、とすっとんきょうな声を上げた。草は二人を押し退けるよりも早いと、別の一冊を手に取った。そのページを開いてみると、自分の写真の下には「取材後に急逝されました。謹んでご冥福をお祈りいたします」とある。

「私、死んでる」

「なあ、久実ちゃん、これ……」

「編集部に電話します！」

情報誌を引っ摑んだ久実が、会計カウンターにある電話の子機へと走る。先方の返答を復唱しては、疑問を投げかけ、事務所を行ったり来たり。当初今月刊行号に掲載予定だった店が、主の他界により休業、ほどなく掲載を辞退したこと。そのため、小蔵屋の掲載がひと月早まったこと。加えて、小蔵屋で受け取ったゲラ刷りのファックスが、紙のずれによって斜めに傾き、写真のキャプションが切れてしまって確認不可能だったこと。編集部でも、今の今まで校正ミスに気付かなかったこと。こうした一連の不手際がはっきりした時には、草は声を抑え、寺田と涙目になるほど笑っていた。青ざめて真剣になっている久実の姿が、笑いに拍車をかける。

「あー、お腹がよじれそう。そういえば、ここんとこ、営業してますかとか何とか問い合わせが多くて……そりゃ、電話も来るわ」

「これ見つけたの、親父。元気な仏さんによろしくだって」

「やあねえ」

バクサンにも相当の笑いを提供しただろうと思うと、草は愉快だった。いずれ間違いに気付いて、こんなふうに笑う人が大勢いると思えば悪くない。

「なーんだ」

後ろから声がした。笑いの止まらないまま草が戸口の方を見てみると、長野へ引っ越した石井が立っていた。黒っぽいブラウスとゆったりしたパンツ姿の石井は、大輪の白百合の花束を抱えていた。

「来てみるものね。教え子が二人も、小蔵屋さんは亡くなったって言ったのよ」

そのあきれ顔に、草はまた笑うしかない。

「やだ、ごめんなさいね」

「喜んでるでしょ」

「本当に申し訳ありません」

「ほら、喜んでる」

草はここにいる全員のために、コーヒーを淹れる。あと何回、人のためにコーヒーを落とせるのかと思うと、この一回がいとおしい。

石井がコーヒーを待ちつつ、カウンターの壁際にある落とし物の花束を指差す。

「ねえ、もしかして、あれも……」

「たぶんね。そこの軒下に置いてあったの」

またくつくつと笑いが広がり、今度は久実も笑った。寺田は親父に見せると言って、携帯電話でみんなの写真まで撮る。

良一のいる大きな世界に自分もほとんど入っている。そう思うと、草の心はふわりとやわらかくなってゆく。

曇天の日曜日、大勢の客の中から、いるよ、うっそー生きてる、と遠慮なしの会話が聞こえた。笑いを堪える人、あからさまに嫌な顔をする人、気にも留めない人と反応は様々。試飲の器を流しまで下げてきた草は肩をすくめる。

「嘘は千里を走り、真実はおいてけぼり」

「自分の目で確かめるのは、いいことです」

器を洗う一ノ瀬が、独り言に小声で応じた。昼過ぎにふらっと現れ、久実と二、三言葉を交わすと、シャツの袖をめくって手伝い出したのだった。

「新しいクリーニング屋の預かり伝票、久実ちゃんが持ってたわよ。イチノセコウスケ様、スーツ上下、ワイシャツ」

「昨夜、糸屋に来て、それだけ置いて帰りました」

「その後は？」

「何も。いつもどおり」

「恐いわね」

「恐いです」

一ノ瀬が、横顔で微笑む。言うほど恐れてはいなそうだ。ほとんど幸せそうな表情と言ってもいい。小蔵屋の閉店後に、掘り出し物の賃貸マンションを二人で内見するという。所有者が一年間海外勤務する間、格安で貸し出す物件だそうだ。ただし、空いている部屋は客間の洋室のみ。他の部屋の家具や荷物は残置、清掃や些細な用事を請け負うのが条件らしい。

「つまり、親戚の留守宅で暮らすようなもの？」

「ええ。家電や食器の類は持っていかずに生活できる」

「願ってもない話ね。どこ？」

「小蔵屋とうちの会社の中間。久実が見つけてきました」

ほう、と草は思わず言った。会計カウンターで接客中の久実が、大人の女に見えてきた。彼の日々を察知し、無言を決め込み、しばらく様子を見るわ、と行動で知らせたのだ。

「所有者の奥さんが、あの小蔵屋さんの人なら、と言ってくれたそうです」

「うちのお客さん？」

「らしいです」

草は感心して、ため息を漏らした。何がどこでどうつながるか、わからないものだ。

「一年間のお試し期間というわけね。受ける気？」

草が客に呼ばれ、一ノ瀬の答える間はなかった。

すでに草も一ノ瀬も、久実ではなく、宇佐木兄をちらちらと見ていた。ガラス戸の向こうにいて入ってこない。客の多さに躊躇（ちゅうちょ）したらしい。草は接客しつつ宇佐木兄と会釈を交わしたものの、彼は帰っていった。何か話がある様子だった。

「一体、何だったのか……」

知るもんか、という顔つきで、トラ猫が土手の道を横切る。

翌早朝、草は思い出してつぶやいた。

河原や三つ辻を回って帰ると、小蔵屋前の駐車場に、また宇佐木兄がいた。今度は黒っぽいセダンを停め、ハンドルを握っている。

草に気付いて運転席の窓を開け、口元に人差し指を立てた。しゃべるなというのだ。不思議に思って草が歩み寄ろうとすると、さらに彼は拝んでは追い払う仕草を繰り返し、見てとばかりに店舗の方を指差す。ガラス戸に自分の姿を映すかのように、宇佐木弟が立っていた。板塀の陰に隠れた草は、車へと戻ってゆく宇佐木弟を目で追った。後部座席のドアが開くと、シートの奥側に旅行鞄や大きな紙袋が見えた。新幹線は何時だっけ、と声がする。車は、森マンションとは逆の方向へ出ていった。

三十分しないうちに、宇佐木兄は小蔵屋へ戻ってきた。一人きりだ。

少し開けておいたガラス戸や、落としているコーヒーの香りで、草が待っていたことは伝わったらしかった。宇佐木兄は、さきほどの非礼を詫びた。

「自主的に、新潟の病院へ。おそらく、ひと月は入院です」

弟のために前々からいくつかの病院に相談しており、今回その一つを本人が選択したという。

うなずいた草は、カウンター席を勧めてコーヒーを出した。先はわからないが、まっさらなページが始まった。そんなふうに感じて、白磁のフリーカップを選んだ。

「ひょっとして、私、死んでます？」

すみません、と宇佐木が真顔で応じたが、やがて破顔した。堪えきれなかったのだろう。

「週末に情報誌を見て勘違いを。ショックを受けたようです」

宇佐木弟があの一つ紋の片袖を額に入れて持っていったと聞き、草も笑ってしまった。

「もう会えないと思うと、ありがたく感じるものね。生きていると知った時の、反動が恐いけど」

「きっかけは嘘でもいい。そんなことでだめになるようでは、だめなんだと思います。何が悪い、誰が悪いと、あいつは飲酒の理由を他へ求める。飲んでいないとまで言い張る。いつでもやめられると豪語する。再浮上するには、まず自分の非力を認めなくては」

「そうね」

ありのままの自分を認めれば、力が抜ける。力が抜ければ、押し上げてくれる力に気付く。草は自分を振り返る。透善と別れ、良一を失い、己に失望してどん底を味わったあと、それまでのキクの支えや、両親、由紀乃の存在がどれほど力になったことか。頑なな自分を開くには、素直にならなければならない。いい大人が素直になるには、恥もともなう。

草もコーヒーを味わう。飲み終えるまでに、一つ気づいたことがあった。

宇佐木兄が妙にくつろいで見えると思ったら、いつもの折り目正しいシャツとズボンではなく、紺色のVネックのTシャツにカーキ色のだぼっとしたジーンズという服装だった。思い返してみれば、宇佐木弟も似たような格好をしていた。しっかり者のお兄ちゃんと、きかない弟。よくは知らないのに、小さな頃の姿が、今朝は想像がつく。

そのマンションは、どの窓からも県境の山並みが見えた。

築浅、十八階建ての最上階。周辺には田畑が広がり、その中に大型商業施設、バス停のある総合病院、大手宅配の広大な配送センター、菓子や漬け物の工場、住宅地、こんもりとした緑の円墳などがある。２ＬＤＫのうち、バルコニー付き九畳弱のこの洋室を月五万円で貸すという。

思わず、草はつぶやいた。

「高い」

何を言うのかとばかりに、久実が草の耳元に顔を寄せる。

「月五万ですよ。本来の四分の一以下。もし駅近なら、月二十五万は下らない物件です」

五十歳前後の所有者夫婦は、廊下で一ノ瀬と話している。

「梯子車が届かないじゃないの」

そっちの話ですか、と久実が肩を落として脱力する。私たちは知事とかじゃありませんし、と困ったように小声で笑う。

「ホテル並みなんですから」

空っぽのウォークインクローゼットと寝心地のよさそうなマットのシングルベッドが二つ、中型テレビが壁際の長机の上にあり、確かにホテル並みに整えられている。子供のいない夫婦二人暮らしで、いずれ夫の両親を茨城から迎えるつもりなのだが、現在のところは共通の友人たちが飲むと泊まっていく部屋だという。運転代行やビジネスホテルを利用するより、気楽で経済的なのだろう。

金属と木を活かした直線的なデザイン、安い駐車場がある立地、この眺望を、一ノ瀬も気に入ったようだ。二十畳ほどあるリビングダイニング、料理好きな人向きのキッチン、乾燥機能とシャワーブースを備えた浴室も魅力的ではある。

数鉢ある大型観葉植物の世話が、些細な用事の一つだ。ここで暮らすのなら簡単な世話なのだと、さきほど所有者の妻は大きすぎる我が子を見上げるようにして、ねむの木の仲間やマングーカズラなどを紹介したのだった。予想外の転勤に困惑する反面、シンガポールでの生活を楽しみにしている様子でもあった。賃貸料をローンの足しにしたいと打ち明ける気さくな夫婦で、常識的に暮らしてもらえるなら同棲も結構だと理解を示していた。

「本当にいいのかしら。私みたいな年寄りが保証人で」

「小蔵屋さんを信用していますから、って奥さんが」

一ノ瀬が所有者夫婦に連れられ、玄関の方へ消えていく。

草は静かに息をついた。

「ねえ、久実ちゃん。一ノ瀬さんのこと、ご両親に話したの？」

この質問は二回目だった。改めてマンションを見に行くので一緒に、と誘ってきた昨日に次ぎ、またも久実は無言。草は続けた。

「まあ、今日は下見だものね。秋のこちらの出立と、糸屋に買い手のつくタイミングがもし合って、正式に契約となれば、話さないわけにもいかないでしょうけど」

話さないという手はないんでしょうか、と久実が言う。

「どういうこと？」

「一人暮らしということにしようかな、と」

「ご両親やお兄さんたちが、訪ねてこないとも限らないでしょうに」

「そうなんですけど、ここなら契約者以外立ち入り禁止が条件だとかなんとか」

「嘘つくわけ、久実ちゃんが。何を訊かれても、しれっと一人暮らしを装うと」

「はい」

「自信ある？」

「ないです」

はー、と久実が深いため息をつく。

付き合って日の浅いこの二人には、しかし、長い物語がある。一ノ瀬の紹介ひとつとっても、容易ではない。少し前までは定職を持たない山男であり、出会った当初の山帰りの薄汚い格好には、草と久実も閉口した。県内有力企業の三男といえば聞こえはいいが、その現実も厳しい。

「知り合っていけば、一ノ瀬さんを理解してくれると思うわ。彼はいい人だもの」

「だからです。公介に、変なプレッシャーをかけたくない」

「プレッシャー？」

久実は話しつつ窓辺に寄り、今は遠い山並みを眺めていた。

「自由でいてほしい」

何よりも、彼の自由を願っているのだった。家業に関わっても、ずっと二人でいても、彼が自由を感じていられるのなら、それが理想だろう。けれど、そんな甘い夢を見ていられるほど久実も子供ではなかった。たとえ自分が傷つくとしても一ノ瀬のことを大事にしたいと、どうも本気で考えているらしい。

草は胸の奥がつねられたように痛んだが、久実の背中に向かって、

「まっ、もし契約して、一年間うまく暮らせたら、結婚したっていいものね」

と、あえて軽い調子で言ってみた。

久実ー、と向こうから一ノ瀬の呼ぶ声がした。

振り返った久実が草に向かって微笑み、はーい、と大きな声で返事をして洋間を出ていく。午後の日射しを受けたその穏やかな笑みは、しばらく草の胸に残っていた。


たまだった晴れ間が、数日続くようになった。日射しが、じりじりと肌を焼く。

七月も半ば。梅雨明けは近い。天気予報をあてにせずとも、そう感じる。

コーヒーを落としている最中、草宛に電話が入った。取り次いだ久実に、草はすぐかけ直すと伝えたが、相手がこのまま待つという。電話は、丹野学からだった。

草は奥の事務所に入って、受話器をとった。

「お待たせしました。杉浦です」

「丹野学です。お忙しいところ、申し訳ありません」

さっぱりとした口調に、ほっとさせる何かがあった。

「母がすみませんでした。私も、すっかり騙されて。どうお詫びしたらよいのか」

「過ぎたことだわ。それに、相手がキクさんだもの。また会えてよかった」

安堵のため息が、電話の向こうから聞こえた。

「母から、もう連絡してはいけないと強く言われたのですが」

「元気そうね」

「ええ、母は丈夫で」

「いえ、あなたよ」

短い沈黙のあと、キクが自宅を売ってくれ、当座をしのぐ目処(めど)がついたと丹野が話した。設計士や工務店を紹介はしたが、キク自身が安い土地を見つけ、資金のほとんどを預金で賄(まかな)った。その家を手放して親子でアパート暮らしをしようと、キク自身が言い出したのだそうだ。おまえのためにと思って無駄遣いせずに貯めてきた預金で建てた家だから、本望だと笑ったという。

「キクさんには、かなわないわね」

はい、と明るい返事が聞こえた。

「透善さんからあった養子の話にも、母はノーと即答したと聞きました。ここなら、と良一さんを置いていった草さんを思って。あの人らしい決断です」

どういうこと――草は問いかけを呑み込む。

透善による養子の提案は実際にあった？　キクさんは子を残して去った母の気持ちを汲んで、喉から手が出るような報酬を断ったというの？

初めて聞く話に、理解が及ばない。

まわらない頭をどうにか動かし、既知を装ってさりげなく確かめる。

「苦しい生活の中で、大金を断ったのね」

「私には、とてもできません」

「私もできそうにないわ」

養子の申し出は事実だった。だが、その過去について、先日キクは語らなかった。

草はキクを思い浮かべた。それは離れを訪れる昔の彼女でもあり、雨を拭ってくれた先日の彼女でもあった。変わったようで変わらない。透善を責め、良一を不憫に思う気持ちを、刺激してはならないと考えたに違いなかった。感謝こそすれ、とても責められない。

「では、これで失礼します」

「キクさんに、よろしく。いつか遊びに来て」

「ありがとうございます。杉浦さんも、どうぞお元気で」

おそらくまた会うことはないだろうと思いつつ、草は受話器を置いた。

駆け込みの中元を受注したあとの昼休み、なんとはなしにテレビをつける。由紀乃のところへ行く約束を日延べして、ぼんやりと茶漬けを啜る。

再放送の旅番組だったはずのテレビは、いつの間にか、白黒の古い洋画に変わっていた。

うらぶれた中年女が、妹の夫から激しくなじられている。コマーシャルに切り替わる際に、『欲望という名の電車』と映画のタイトルが画面の隅に表示された。いつか観た覚えはあったが、結末を知らなかった。忙しい合間に、こうして時間が許すだけ観て終わっていたのだろうか。飯茶碗に残っていたごはんはふやけ、仏壇の薄紅色の百合は終わりかけて花びらが透け始めていた。

ひどい男。草は箸を置き、奥歯を嚙みしめる。

丹野の電話を切ってから、心の中で透善を何度なじったかわからなかった。透善をなじれば、自分に返ってくる。母親には去られ、父親には養子に出されそうになった良一がひとりぽっちで膝を抱えているのが見えるようで、ごめんなさい、と抱きしめようにもここにはおらず、あの日一人で外へ出たのも、水路に落ちたのも、当てにならない両親と知っての寂しさゆえとも思えてきて、胸が搔きむしられる。

涙で歪むテレビ画面には、アナウンサーが現れた。番組の途中だが立てこもり事件を中継するという。どこかの町の大手銀行が映し出される。

こんにちは、と宅配会社を名のる声が、玄関の方から響いた。

草は現実に引き戻され、涙を拭いた。

玄関へ出て、小さな荷物を受け取る。草個人宛の荷物だったので、久実が裏へ回ってほしいと頼んだものらしい。

「あの……大丈夫ですか」

配達員に問われ、草は自分がどんな顔をしているのか自覚し、あわてて微笑む。

荷物は長野市の石井からで、中身はブルーベリーと杏のジャムが一瓶ずつ。「初の手作りです。収穫から瓶詰めまで、我ながら上手にできました。石井」とのカードが添えられていた。ご冥福騒動の先日、申し訳なかったとコーヒー豆を農園の人たちの分までふんだんに持たせたから、そのお返しなのだろうか。お礼の手紙か電話かと考え、受話器をとった。正直なところ、手紙を書く気力が持てそうにない。

二回目のコールで、石井が出た。草は手作りジャムの礼を述べ、楽しみにいただくと話す。すると、頼みがあるのだと石井が切り出した。今夜またかけ直すと言う。電話を待つ気になれなかった草は、かまわないと先を促した。

「森マンションに入れないかしら」

空き部屋の多い森マンションに、入れるも入れないもないはずだった。

「どういうこと？」

「お草さんに口添えしてもらえたらと思って。方々から殺到するのもわかるわ。保証人不要、収入・預金審査と人物本位で高齢者でも入居可なんて、なかなかないもの。それに、ゆくゆくは内科眼科のクリニックと調剤薬局が入るっていうじゃない。驚いたわ。もう少し早く方針を変えてもらったら、もっとよかったけれど」

石井は少し興奮気味に続けた。引っ越したものの、慣れない農作業や濃厚な人間関係に疲れを感じ、紅雲町が恋しくなっていたところに、元の仕事仲間から森マンションへ引っ越したと聞いた。残りの部屋数以上の引き合いが、遠くは東京からもあるという。

「一応、不動産屋を通じて申し込んではみたのよ」

「そうだったの」

話を聞くうちに、草は鼻先があたたまるのを感じた。石井の紅雲町へ戻りたいという熱意や、きっと江子に違いない思い切りの良さが、心まであたためてゆく。変化を恐れない彼女たちの姿勢に励まされていると、今この時を生きるのよ、という声がどこから聞こえてきた。

ほどなくめぐってきた小蔵屋の定休日に、草は森マンションを訪ねた。

十一時頃にエントランスで三〇一号室のインターホンを鳴らしてみたが、応答はなく、午後も同様だった。また今度と思って森マンションを出ると、水色のふわっとしたワンピースを着た江子がセダンの脇にいた。

江子は、後部座席に上半身を入れ、持ち手付きの大きなバスケットを引き出した。白いフリル付きの、軽くもなさそうなそれを見た草は、子供が生まれたのだと悟った。

「こんにちは。生まれたのね」

「はい。ちょっと早めでしたけど」

おめでとうございます、と言った草は、日射しが強いのでマンションの影の中で待った。

抱えられてきたバスケットを覗き込む。ふわふわの白いタオルに埋もれるようにして、やわらかな命がすやすやと眠っていた。まるで、雲の上で昼寝をしているかのようだ。江子が頬を指で突いても、びくともしない。

「大物ですねえ。お名前は？」

草は濃い髪をした赤ん坊に向かってたずねた。もちろん、答えるのは江子だ。

「ひろたか。広いに宇宙の宇と書きます」

「広宇くん。いい名前だわ。難しい読みだけれど、印象的」

我が子に向かって微笑む江子は、自信に満ち、まぶしいほどだ。

「聞いたわ。マンションが満員御礼らしいわね」

はい、と江子が大きくうなずいた。

「恐いくらい、とんとん拍子に」

二人で取っ手を一つずつ持ち、バスケットの赤ん坊を支える。

「もしかして、宇佐木さんも協力してくれるの？」

「ええ。眼科と薬局をここへ移す、それから開業計画中の友人に声をかけて内科もプラスする、と。いただいたマンションのパンフレットが、やっぱり宇佐木さんを動かして」

よかった、と草は小千谷縮の襟元に手を当てた。

最晩年のために用意した、内科・接骨院・調剤薬局を備えたマンションが、小蔵屋を開けているうちにこうして別の形で役立つとは、これまで考えてもみなかった。

「森マンションとしては、少額で雑用を請け負えればと。買い物代行とか、電球の交換とか」

「うれしいサービスね」

「残ったものが宝と、言ってくださいましたよね」

「キャッチボールがうまくいったわ」

草が右手でボールを投げる仕草をすると、江子が空いている方の手でキャッチするまねをした。

車中からずっと、電話する男の声がしている。忠大が不動産屋とやりとりしているのだと、草の耳にもわかる。車窓が開いたが、この炎天下では暑すぎるのだろう。また窓が閉まり、セダンのエンジンがかかった。

石井の頼みを、草は伝えた。

もう満室なんです、と江子が首を横に振る。

それから、首を回してセダンを振り返った。

「三〇一号室以外は、なんですけど」

エンジン音が止まり、忠大が車から降りてきた。草へにこやかに挨拶し、新米の父親らしい照れを見せ、片手にバスケットの我が子を楽々提げる。逆の腕にも大荷物だが、重そうな素振りは見せない。

「先に上へ行ってるよ。上な」

忠大が六〇一号室のほうだと念を押して、マンション内へ入っていく。夫の背中を見る妻の眼差しは、優しかった。

「私も、戻る時期なのかもしれません」

「そう」

「三〇一が空いたら、お知らせします」

草は江子と別れ、蝙蝠傘を広げる。傘のくっきりした影を踏みつつ、由紀乃の家へ向かう。百日紅（さるすべり）の花が南風に揺れる道で、もうあのオーデコロンの香りはしなかったな、と思い至った。

「梅雨明けだそうよ」

由紀乃が顔を合わせた途端、待っていたみたいに言う。珍しくラジオがついており、ニュースが流れていた。

「いいにおい」

「リハビリを兼ねて作ってみたの」

由紀乃が胸の前で固くなっている左腕に力を入れ、小さくガッツポーズする。庭のサッシを開ける前から、辺りに芳しい香りが漂っていた。煮出した熱々の麦茶を湯呑みに入れ、砂糖をひと匙。甘さと香ばしさが、幼い頃の記憶を揺り動かす。

「台所の母が目に浮かぶわ。大きなやかんがあって、暑くて」

「できたての麦茶に、お砂糖。よくわからないけど、夏に飲まされるものだった」

「今となっては、ごちそうね」

それから、草は親友に、丹野学に関する顛末について打ち明けた。長い話になったが、由紀乃は驚いたり相槌を打ったりしつつもほとんどを静かに聞き、今頃話すなんてと草を責めもしなかった。

「あの子の魂は、待っている人の家がわからなくて、さまよい続けているような気がして」

向かいのソファで、由紀乃が微笑む。

「いるわよ」

不自由な身体をよじるようにして右腕を伸ばし、草の右手に自分の手を重ねてくる。

「草ちゃんのいるところに、良一くんはいつだっているの。草ちゃん自身がずっと言ってたじゃないの。それは、そう感じるからでしょ」

あたたかい手だ。丸眼鏡の奥の瞳は濡れている。草も自分の頬が濡れているのに気づき、片手で拭った。

「そのはずなのに、時々わからなくなる。馬鹿みたいよね」

「私は死んでも、草ちゃんのそばにいる。良一くんも同じに決まってるわ」

親友の言葉は、真実に聞こえた。

草はティッシュで洟（はな）をかみ、やかんのぬるくなった麦茶を二つの湯呑みに注いだ。二杯目には、甘さがほのかに残る。

その後も話は続き、森マンションの変わり様に由紀乃が目を丸くし、地元情報誌のご冥福騒動には二人で腹を抱えて笑った。

草が由紀乃の家を出た時には、夕方になっていた。

烏（からす）が群れをなして丘陵の方へ飛んでゆく。ビスケットやら、冷蔵庫に残っていたアイスクリームやプリンやら、いろいろ食べたものだから、満腹なのに少々後ろめたい。間食しすぎてこれから親に叱られる子供の気分だ。

森マンションの変化を知った由紀乃は言った。

――夫婦は縄跳びね。いつか女でも男でもなくなって、違う方を見て走りながら、でも来る縄を迎えて、その時だけ息を合わせて、手に手をとって、どうにか飛び越える。その繰り返し。馬鹿馬鹿しいようだけど、そんなこと他の人とは無理なのよ。

透善と私は、途中からそうできなくなった――草は、市街地へ向かう長い橋に立っていた。橋はかけ替わったが、透善と来た場所だ。ここを透善は、最上川に似ていると言ったのだった。

透善の若き日の姿はいつしか一ノ瀬に重なり、草は久実を思った。二人の幸せを願う。西の空は赤く染まり、東の空には厚い雲が広がっている。降っても長くはなく、明日は晴れるに違いない。

「さあ、帰ろ」

河原をわたる風が、良一の返事のように、草の頰をなでてゆく。

単行本　二〇二〇年八月　文藝春秋刊

本書の無断複写は著作権法上での例外を除き禁じられています。
また、私的使用以外のいかなる電子的複製行為も一切認められておりません。

文春文庫

初夏の訪問者（しょかのほうもんしゃ）
紅雲町珈琲屋こよみ（こううんちょうコーヒーや）

定価はカバーに表示してあります

2021年10月10日　第1刷

著　者　吉永南央（よしながなお）
発行者　花田朋子
発行所　株式会社　文藝春秋

東京都千代田区紀尾井町 3-23　〒102-8008
TEL 03・3265・1211㈹
文藝春秋ホームページ　http://www.bunshun.co.jp

落丁、乱丁本は、お手数ですが小社製作部宛お送り下さい。送料小社負担でお取替致します。

印刷・萩原印刷　製本・加藤製本

Printed in Japan
ISBN978-4-16-791762-3

（　）内は解説者。品切の節はご容赦下さい。

横山秀夫
64（ロクヨン）（上下）
昭和64年に起きたD県警史上最悪の未解決事件をめぐり刑事部と警務部が全面戦争に突入。その狭間に落ちた広報官三上は己の真を問われる。ミステリー界を席巻した究極の警察小説。
よ-18-4

米澤穂信
インシテミル
超高額の時給につられ集まった十二人を待っていたのは、より多くの報酬をめぐって互いに殺し合い、犯人を推理する生き残りゲームだった。俊英が放つ新感覚ミステリー。（香山二三郎）
よ-29-1

吉永南央
萩を揺らす雨　紅雲町珈琲屋こよみ
観音さまが見下ろす街で、小さなコーヒー豆の店を営む気丈なおばあさんのお草さんが、店の常連たちとの会話がきっかけで、街で起きた事件の解決に奔走する連作短編集。（大矢博子）
よ-31-1

吉永南央
その日まで　紅雲町珈琲屋こよみ
北関東の紅雲町でコーヒーと和食器の店を営むお草さん。近隣で噂になっている詐欺まがいの不動産取引について調べ始めると、因縁の男の影が……。人気シリーズ第二弾。（瀧井朝世）
よ-31-3

吉永南央
名もなき花の　紅雲町珈琲屋こよみ
新聞記者、彼の師匠である民俗学者、そしてその娘。十五年前のある〈事件〉をきっかけに止まってしまった彼らの時計の針を、お草さんは動かすことができるのか？　好評シリーズ第三弾。
よ-31-4

吉永南央
糸切り　紅雲町珈琲屋こよみ
紅雲町のはずれにある小さな商店街「ヤナギ」が改装されることになった。だが関係者の様々な思惑と〈秘密〉が絡み、計画は空中分解寸前に――。お草さんはもつれた糸をほぐせるか？
よ-31-6

（　）内は解説者。品切の節はご容赦下さい。

吉永南央
まひるまの星
紅雲町珈琲屋こよみ
紅雲町で、山車蔵の移設問題が起こった。お草さんはそれに係わるうちに、亡き母と親友が絶縁する結果となった、町が隠し続けてきた〝闇〟に気づき、行動を起こすが――。シリーズ第五弾。
よ-31-7

吉永南央
花ひいらぎの街角
紅雲町珈琲屋こよみ
「小蔵屋」のお草は、旧友がかつて書いた小説を本にしようとして、制作を依頼した印刷会社の個人データ流出事件に巻き込まれる。お草さんの想いと行動が心に沁みるシリーズ第六弾。
よ-31-8

吉永南央
オリーブ
突然、書き置きを残して消えた妻。やがて夫は、妻の経歴が偽りで、二人の婚姻届すら提出されていなかった事実を知る。女は何者なのか。優しくて、時に残酷な五つの「大人の嘘」。（藤田香織）
よ-31-2

連城三紀彦
小さな異邦人
八人の子供がいる家庭へ脅迫電話が。「子供の命は預かった」。だが家には子供全員が揃っていた。誘拐されたのは誰？　著者のエッセンスが満載された最後の短編集。（香山二三郎）
れ-1-18

連城三紀彦
わずか一しずくの血
群馬の山中から白骨化した左脚が発見された。これが恐るべき連続猟奇殺人事件の始まりだった。全国各地で見つかる女性の体の一部に事態はますます混沌としていく……。（関口苑生）
れ-1-19

麗　羅
桜子は帰ってきたか
終戦直後の満州から桜子は帰ってきたのか？　戦争という過酷な運命のなか貫かれた無償の愛。日本人が絶対に忘れてはならぬ歴史を背景に描かれた感動のミステリー。（東山彰良）
れ-2-2

（　）内は解説者。品切の節はご容赦下さい。

赤川次郎
マリオネットの罠
私はガラスの人形と呼ばれていた——。森の館に幽閉された美少女、都会の空白に起こる連続殺人。複雑に絡み合った人間の欲望を鮮やかに描いた、赤川次郎の処女長篇。（権田萬治）
あ-1-27

阿刀田　高
ローマへ行こう
忘れえぬ記憶の中で、男は、そして女も、生きたい時がある。あれは夢だったのだろうか。夢と現実を行き交うような日常の不可解を描く、大切な人々に思いを馳せる珠玉の十話。（内藤麻里子）
あ-2-27

我孫子武丸
弥勒（みろく）の掌（て）
妻を殺され汚職の疑いをかけられた刑事と、失踪した妻を捜し宗教団体に接触する高校教師。二つの事件は錯綜し、やがて驚愕の真相が明らかになる！　これぞ新本格の進化型。（巽　昌章）
あ-46-1

我孫子武丸
裁く眼
法廷画家が描いた美しい被告人女性と裁判の絵がテレビ放送された直後、彼は何者かに襲われた。絵に描かれた何が危険を呼び込んだのか？　展開の読めない法廷サスペンス。（北尾トロ）
あ-46-4

愛川　晶
十一月に死んだ悪魔
売れない作家・柏原は交通事故で一週間分の記憶を失う。十一年後、謎の美女との出会いをきっかけに記憶が戻り始めるが。幾重にもからんだ伏線と衝撃のラスト！　究極の恋愛ミステリー。
あ-47-6

有栖川有栖
火村英生に捧げる犯罪
臨床犯罪学者・火村英生のもとに送られてきた犯罪予告めいたファックス。術策の小さな綻びから犯罪が露呈する表題作他、哀切でエレガントな珠玉の作品が並ぶ人気シリーズ。（柄刀　一）
あ-59-1

有栖川有栖
菩提樹荘の殺人
少年犯罪、お笑い芸人の野望、学生時代の火村英生の名推理、アンチエイジングのカリスマの怪事件とアリスの悲恋。「若さ」をモチーフにした人気シリーズ作品集。（円堂都司昭）
あ-59-2

青柳碧人
西川麻子は地球儀を回す。

突如密室に出現したアリの大群。女性マンガ家が企んだ完全犯罪。恋人の刑事を悩ます事件を「地理ガール」西川麻子が地理の知識で解決。ミステリー史上初の「地理ミス」第2弾！

あ-67-3

青柳碧人
国語、数学、理科、誘拐

進学塾で起きた小6少女の誘拐事件。身代金5000円、すべて1円玉で?!　5人の講師と生徒たちが事件に挑む。「読むと勉強が好きになる」心優しい塾ミステリ！　（太田あや）

あ-67-2

青柳碧人
国語、数学、理科、漂流

中学三年生の夏合宿で島にやってきたJSS進学塾の面々。勉強漬けの三泊四日のはずが、不穏な雰囲気が流れ始め、ついには行方不明者が！　大好評塾ミステリー第二弾。

あ-67-4

天祢　涼
希望が死んだ夜に

14歳の少女が同級生殺害容疑で緊急逮捕された。少女は犯行を認めたが動機を全く語らない。彼女は何を隠しているのか？　捜査を進めると意外な真実が明らかになり……。　（細谷正充）

あ-78-1

秋吉理香子
サイレンス

深雪は婚約者の俊亜貴と故郷の島を訪れるが、彼には秘密があった。結婚をして普通の幸せを手に入れたい深雪の運命が狂い始める。一気読み必至のサスペンス小説。　（澤村伊智）

あ-80-1

池井戸　潤
株価暴落

連続爆破事件に襲われた巨大スーパーの緊急追加支援要請を巡って白水銀行審査部の板東は企画部の二戸と対立する。日本経済の闇と向き合うバンカー達を描く傑作金融ミステリー。

い-64-1

乾（いぬい）　くるみ
イニシエーション・ラブ

甘美で、ときにほろ苦い青春のひとときを瑞々しい筆致で描いた青春小説——と思いきや、最後の二行で全く違った物語に！「必ず二回読みたくなる」と絶賛の傑作ミステリ。　（大矢博子）

い-66-1

（　）内は解説者。品切の節はご容赦下さい。

乾 くるみ
セカンド・ラブ
一九八三年元旦、春香と出会った。僕たちは幸せだった。春香とそっくりな美奈子が現れるまでは。『イニシエーション・ラブ』の衝撃、ふたたび。究極の恋愛ミステリ第二弾。（円堂都司昭）
い-66-5

乾 くるみ
リピート
今の記憶を持ったまま昔の自分に戻る「リピート」。人生のやり直しに臨んだ十人の男女が次々に不審な死を遂げて……。『イニシエーション・ラブ』の著者が放つ傑作ミステリ。（大森 望）
い-66-2

乾 くるみ
Jの神話
全寮制の名門女子高で生徒が塔から墜死し、生徒会長が「胎児なき流産」で失血死をとげる。背後に暗躍する「ジャック」とは何者なのか？　衝撃のデビュー作。（円堂都司昭）
い-66-3

石持浅海
殺し屋、やってます。
《650万円でその殺しを承ります》――コンサルティング会社を経営する富澤允。しかし彼には、殺し屋という裏の顔があった…。殺し屋が日常の謎を推理する異色の短編集。（細谷正充）
い-89-2

伊東 潤
横浜1963
戦後の復興をかけた五輪開催を翌年に控え、変貌していく横浜で起きた女性連続殺人事件。日米ハーフの刑事と日系三世の米軍SPが事件の真相に迫る社会派ミステリ。（誉田龍一）
い-100-3

内田康夫
平城山（ならやま）を越えた女
奈良坂に消えた女、ホトケ谷の変死体、50年前に盗まれた香薬師仏。奈良街道を舞台に起きた三つの事件が繋がるとき、浅見光彦は、ある夜の悲劇の真相を知る。（山前 譲）
う-14-17

内田康夫
風の盆幻想
おわら風の盆本番前に、老舗旅館の若旦那が死体で発見された。周りは自殺とみる中、浅見光彦と軽井沢のセンセがタッグを組む！　幽玄な祭に隠された悲恋を描く傑作ミステリー。
う-14-21

内田康夫
汚れちまった道（上下）
「ポロリ、ポロリと死んでゆく」――謎の言葉を遺し、萩で行方不明になった新聞記者。中原中也の詩、だんだん見えてくる大きな闇と格闘しながら浅見は山口を駆け巡る！（山前　譲）
う-14-22

内田康夫
氷雪の殺人
利尻富士で、不審死したひとりのエリート社員。あの日、利尻島にわたったのは誰だったのか。警察庁エリートの兄とともに謎を追う浅見光彦が巨大組織の正義と対峙する！（自作解説）
う-14-24

歌野晶午
葉桜の季節に君を想うということ
元私立探偵・成瀬将虎は、同じフィットネスクラブに通う愛子から霊感商法の調査を依頼された。その意外な顛末とは？　あらゆる賞を総なめにした現代ミステリーの最高傑作。

う-20-1

歌野晶午
春から夏、やがて冬
スーパーの保安責任者・平田は万引き犯の末永ますみを捕まえた。偶然の出会いは神の導きか、悪魔の罠か？　動き始めた運命の歯車が二人を究極の結末へと導いていく。（榎本正樹）
う-20-2

歌野晶午
ずっとあなたが好きでした
バイト先の女子高生との淡い恋、美少女の転校生へのときめき、人生の夕暮れ時の穏やかな想い……。サプライズ・ミステリーの名手が綴る恋愛小説集は、一筋縄でいくはずがない!?（大矢博子）
う-20-3

冲方　丁
十二人の死にたい子どもたち
安楽死をするために集まった十二人の少年少女。全員一致で決を採り実行に移されるはずのところへ、謎の十三人目の死体が!?　彼らは推理と議論を重ねて実行を目指すが。（吉田伸子）
う-36-1

江戸川乱歩・桜庭一樹　編
江戸川乱歩傑作選　獣
日本推理小説界のレジェンド・江戸川乱歩が没して50年。名作に光を当てるアンソロジー企画第1弾は「パノラマ島綺譚」「陰獣」など七編と随筆二編を収録。（解題／新保博久・解説／桜庭一樹）
え-15-1

（　）内は解説者。品切の節はご容赦下さい。

江戸川乱歩・湊　かなえ 編
江戸川乱歩傑作選　鏡
湊かなえ編の傑作選は、謎めくパズラー「湖畔亭事件」、ドンデン返し冴える「赤い部屋」他、挑戦的なミステリ作家・乱歩に焦点を当てる。（解題／新保博久・解説／湊　かなえ）
え-15-2

江戸川乱歩・辻村深月 編
江戸川乱歩傑作選　蟲
没後50年を記念する傑作選。辻村深月が厳選した妖しく恐ろしい名作。恋に破れた男の妄執を描く「蟲」。四肢を失った軍人と妻の関係を描く「芋虫」他全9編。（解題／新保博久・解説／辻村深月）
え-15-3

折原　一
異人たちの館
樹海で失踪した息子の伝記の執筆を母親から依頼された売れない作家・島崎の周辺で次々に変事が。五つの文体で書き分けられた目くるめく謎のモザイク。著者畢生の傑作！（小池啓介）
お-26-17

折原　一
侵入者　自称小説家
聖夜に惨殺された一家四人。迷宮入りが囁かれる中、遺族から調査を依頼された自称小説家は、遺族をキャストに再現劇を行い、犯人をあぶり出そうと企てる。異様な計画の結末は⁉（吉田大助）
お-26-18

折原　一
死仮面
仕事も名前も隠したまま突然死した夫。彼が残した「小説」には、謎の連続少年失踪事件が綴られていた。DV癖のある前夫に追われながら、真実を探す旅に出たが……。（末國善己）
お-26-19

大沢在昌
心では重すぎる（上下）
失踪した人気漫画家の行方を追う探偵・佐久間公の前に立ちはだかる謎の女子高生。背後には新興宗教や暴力団の影が……。渋谷を舞台に現代の闇を描き切った渾身の長篇。（福井晴敏）
お-32-12

大沢在昌
闇先案内人（上下）
「逃がし屋」葛原に下った指令は、「日本に潜入した隣国の重要人物を生きて故国へ帰せ」。工作員、公安が入り乱れ、陰謀と裏切りが渦巻く中、壮絶な死闘が始まった。（吉田伸子）
お-32-3

（　）内は解説者。品切の節はご容赦下さい。

まひるの月を追いかけて
恩田　陸

異母兄の恋人から兄の失踪を告げられた私は、彼女と共に兄を捜す旅に出る。次々と明らかになる事実は、真実なのか——。恩田ワールド全開のミステリー・ロードノベル。（佐野史郎）
お-42-1

夏の名残りの薔薇
恩田　陸

沢渡三姉妹が山奥のホテルで毎秋、開催する豪華なパーティ。不穏な雰囲気の中、関係者の変死事件が起きる。犯人は誰なのか、そもそもこの事件は真実なのか幻なのか——。（杉江松恋）
お-42-2

木洩れ日に泳ぐ魚
恩田　陸

アパートの一室で語り合う男女。過去を懐かしむ二人の言葉に、意外な真実が混じり始める。初夏の風、大きな柱時計、あの男の背中。心理戦が冴える舞台型ミステリー。（鴻上尚史）
お-42-3

夜の底は柔らかな幻（上下）
恩田　陸

国家権力の及ばぬ〈途鎖国〉。特殊能力を持つ在色者たちがこの地の山深く集う時、創造と破壊、歓喜と惨劇の幕が切って落とされる！　恩田ワールド全開のスペクタクル巨編。（大森　望）
お-42-4

終りなき夜に生れつく
恩田　陸

ダークファンタジー大作『夜の底は柔らかな幻』のアナザーストーリーズ。特殊能力を持つ「在色者」たちの凄絶な過去が語られる。至高のアクションホラー。（白井弓子）
お-42-6

死の天使はドミノを倒す
太田忠司

突如失踪した人権派弁護士の弟・薫を探すために上京した売れないラノベ作家の兄・陽一は、自殺志願者に死をもたらす「死の天使」事件に巻き込まれていく。（巽　昌章）
お-45-3

密室蒐集家
大山誠一郎

消え失せた射殺犯、密室から落ちてきた死体、警察監視下で起きた二重殺人。密室の謎を解く名探偵・密室蒐集家。これぞ究極の密室ミステリ。本格ミステリ大賞受賞作。（千街晶之）
お-68-1

文春文庫　最新刊

陰陽師 女蛇ノ巻　夢枕獏
夢で男の手に噛みついてくる恐ろしげな美女の正体とは

剣樹抄　冲方丁
若き光國と捨て子の隠密組織が江戸を焼く者たちを追う

剣と十字架 空也十番勝負（三）決定版　佐伯泰英
隠れ切支丹の島で、空也は思惑ありげな女と出会い……

初夏の訪問者 紅雲町珈琲屋こよみ　吉永南央
男はお草が昔亡くした息子だと名乗る。シリーズ第8弾

こちら横浜市港湾局みなと振興課です　真保裕一
名コンビ誕生。横浜の名所に隠された謎を解き明かせ！

武士の流儀（六）　稲葉稔
古くからの友人・勘之助の一大事に、桜木清兵衛が動く

白魔の塔　三津田信三
物理波矢多は灯台で時をまたぐ怪奇事件に巻き込まれる

神さまを待っている　畑野智美
大卒女子が、派遣切りでホームレスに。貧困女子小説！

三途の川のおらんだ書房 転生する死者とあやかしの恋　野村美月
イケメン店主が推薦する本を携え、死者たちはあの世へ

ドッペルゲンガーの銃　倉知淳
女子高生ミステリ作家が遭遇した三つの事件の真相は？

猫はわかっている　村山由佳　有栖川有栖　阿部智里　長岡弘樹　カツセマサヒコ　嶋津輝　望月麻衣
人気作家たちが描く、愛しくもミステリアスな猫たち

創意に生きる 中京財界史〈新装版〉　城山三郎
特異な経済発展を遂げた中京圏。実業界を創った男たち

ざんねんな食べ物事典　東海林さだお
山一證券から日大アメフト部まで――ざんねんを考える

極夜行　角幡唯介
太陽が昇らない北極の夜を命がけで旅した探検家の記録

コンプレックス文化論　武田砂鉄
下戸、ハゲ、遅刻。文化はコンプレックスから生まれる

クリスパー CRISPR 究極の遺伝子編集技術の発見　ジェニファー・ダウドナ　サミュエル・スターンバーグ　櫻井祐子訳
人類は種の進化さえ操るに至った。科学者の責任とは？

真珠湾作戦回顧録〈学藝ライブラリー〉　源田實
密命を帯びた著者が明かす、日本史上最大の作戦の全貌